一片蓝天

A BLUE SKY

王纯丁　著

西藏人民出版社

2024年西藏自治区文艺创作扶持项目

图书在版编目(CIP)数据

一片蓝天/王纯丁著.——拉萨:西藏人民出版社,
2023.12

ISBN 978-7-223-07616-6

Ⅰ.①一… Ⅱ.①王… Ⅲ.①诗集－中国－当代
Ⅳ.①I227

中国国家版本馆CIP数据核字(2024)第032959号

一片蓝天

作　　者:王纯丁
责任编辑:拉　珍
责任印制:缪　攀
封面设计:冯晓娜
封面题字:张　冲
出版发行:西藏人民出版社(拉萨市林廓北路20号)
印　　刷:拉萨市明鑫印刷有限公司
开　　本:850×1168　1/32
印　　张:9.875
字　　数:208千
版　　次:2024年6月第1版
印　　次:2024年6月第1次印刷
印　　数:01-1,000
书　　号:ISBN 978-7-223-07616-6
定　　价:28.00元

序：我曾长久地仰望蓝天

"去割慈亲恋，行忧报国心。"

读纯丁的诗，总让我想起艾青先生那句"为什么我的眼里常含泪水？因为我对这土地爱得深沉……"。翻开诗集的每一辑，都能触摸到家国之重、山河之美、感情之深，感受到时光流转里的岁月欢歌。字里行间中，透露出虽历尽千帆却仍不失赤子之心的纯净品质。

读纯丁的诗，我仿佛看到他从山城重庆出发，一路向西向上，逆长江翻滚，心潮如青山白浪，万重千叠。故乡的行舟与高原的白云相互交织，慈母手中的线与游子的寸草心相互穿插，大地探源与生命寻根相互砥砺。看到他跌跌撞撞、提灯夜行、奔波跋涉来到青藏之巅，在雪域母亲饱含深情的爱抚下，面对万里羌塘白云与羊群交融的地平线，面对冰雪高原一片片地衣开出的小花，面对西藏的神秘、深邃，以小小的个体向辽阔的世界致敬。诗人与其说是写诗，不如说是写自己的人生经历和精神独白，在这个物欲横流的社会里，诗人注定是孤独的，那些以星夜为酒，靠文字取暖的日子，总是让我感同身受，心有戚戚焉。

纯丁的诗是饱含深情的，写祖国，他会以饱满的热情去礼赞，以庄重的仪式感去歌唱。道出诗人之于国家，犹如血液之于骨髓，解不开、化不掉的浓浓深情；写西藏，他用几十年的工作经历，以双脚为笔，以双目为韵，写尽西藏的人情世故、悲欢离合，写尽西藏的春风十里、繁花似锦，让人感受着这梦中的香巴拉，如痴如醉，流连忘返。

纯丁的诗是意境优美的，他以诗人独特的想象赋予高原纯净绚丽的美，灵魂在文字中洗尽铅华，一尘不染。写南迦巴瓦峰，他说，"云开雾散的那一刻/千年的积雪/绽放羞女般纯洁的芳心/梳妆着冰清玉洁的容颜"；写当惹雍措，他说，"你不安于群山的怀抱/朝思暮想着大海/相思的泪水/化作达果山巅皑皑白雪/一天天消瘦的湖面/一天天长大的湖岸"。让我们深切地意识到，在西藏，山魂水魄只有在匍匐中感知，天空可以在我们脚下，石头曾经高高飞翔，每一片雪花是天堂正在使用的语言。

纯丁的诗是朴实无华的，让人在平凡中感受生命的真谛，在质朴中体会人生滋味。写亲情，他说，"一块块稻穗/一片片麦田薯地/镌刻下一生勤劳朴实的身影/田野的秋风/徒增忧伤和迷茫"；写哲思，他说，"那一夜，我苦苦思索/不要认为拥有的东西/不晓得珍惜/深藏的爱/为着一句入魂，两句塑骨/酝酿的人生之诗/要有精神立柱子"。

英国诗人布莱克写道，"一粒沙中见世界，一朵花中见天国"，在纯丁的文字里，我看到了一个深情、睿智却又孤独的灵魂，在诗歌的精神原乡里踽踽独行。

纯丁的诗集叫《一片蓝天》，不容置疑蓝天给了纯丁无穷的神性的源泉、无边无际的精神心空与生命力量。万里高空，他曾到过那里，在高处领受、怅望人世间，却从无出走的痕迹。抚摸着这本闪烁着蓝天光泽的心灵之书，我深感万里高空，搭建有梦幻的舞台，那上边，不可能是空的。

是为序。

陈人杰

2023年7月于拉萨

目 录

辑一　礼赞祖国

辑二　极地放歌

辑三 爱在家乡

辑四　感悟生活

辑五　岁月拾光

辑六　古体新韵

辑
一

礼赞祖国

一片蓝天

习近平总书记来西藏

拉萨沸腾了 习近平总书记来西藏

问了商户问居民

看了街区看广场

布达拉宫添新颜

五星红旗迎风扬

古老商城攒繁荣

八廓街景多漂亮

大街小巷的人哟

欢天喜地花绽放

千家万户把歌唱

歌唱习近平总书记　歌唱共产党

林芝沸腾了 习近平总书记来西藏

看了厨房看储藏

问了游人问老乡

江河湿地展新貌

山清水秀闪金光

桃花盛开的地方

人民奔向了小康

幸福激动的泪哟

纷纷在眼眶流淌

千家万户把歌唱

歌唱习近平总书记　歌唱共产党

高原沸腾了　习近平总书记来咱家乡

问了生态问产业

看了农家看边疆

珠穆朗玛披新姿

草原农庄放光芒

实体经济强基础

乡村振兴有希望

民族团结的美哟

步步紧跟党中央

千家万户把歌唱

歌唱习近平总书记　歌唱共产党

光辉的党史 辉煌的明天

中国共产党自诞生的那一刻起，

高扬铁锤镰刀的荣光，

扛起鲜血染红的旗帜，

从城市走来，从农村走来。

用生命凝结成工农联盟，

开辟根据地，解放全中国。

无论在白色恐怖，或是战争年代，

钢枪始终掌握在党的手中。

不畏流血牺牲，前赴后继，敢打必胜。

无论在建设时期，或是改革开放，

始终担纲定盘星、主心骨，那是党在冲锋。

勇往直前，义无反顾，开天辟地，闯出一路新天。

进入新时代，习近平总书记和党中央把舵定向，

指引繁荣富强的定海神针，

开启新时代的强国梦想。

回望打江山、搞建设、推改革、促开放，

党领导人民始终生动地唱响在世界东方。

方向决定道路，道路决定命运。

走自己的路！党的旗帜就是方向！

不断从挫折中觉醒，不断从胜利走向胜利。

短短几十年，成功闯出发达国家

几百年才能走出来的工业化道路。

创造了经济快速发展，社会长期稳定的人间奇迹。

成功的探索，辉煌的成就。响亮回答：

中国之问、人民之问、时代之问、世界之问

我们蹚出一条中国特色社会主义道路！

并且越走越宽广。"一带一路"

复兴中国文化的丝绸之路，

推动着人类命运共同体的形成发展，

中国形象越来越有力地深入世界人民的心房。

一百年来，人民利益重于泰山。

人民至上，始终刻写在党高举的拳头上。

全心全意为人民服务，始终是

共产党人时刻践行的铮铮誓言。

党的一切奋斗都围绕人民的福祉展开。

如今，脱贫攻坚顺利如期完成，

建党一百年宏伟目标已经实现。

为中国人民谋幸福，为中华民族谋复兴。

党筚路蓝缕，求索奋进，

实施乡村振兴，共同富裕，

决胜全面小康的逐梦时代。

创新、协调、绿色、开放、共享的新发展理念，

是管全局、管根本、管长远的向导。

团结拼搏。共同书写"第二个百年奋斗目标"的

现代化华章。

在斗争中前进，在前进中斗争，

世上唯有斗争才能推动事物发展，

党带领人民一路走来，披荆斩棘，踔厉奋发，

无论敌人多强大，道路多艰险，形势多严峻。

总能绝不畏惧，百折不挠；

总能危中寻机，机中化危；

把所有问题消灭在事情面前。

因为党有战无不胜的三大法宝：

统一战线、武装斗争、党的建设。

珍贵，珍贵。都是历史经验的规律总结，

都是探索真理、开展斗争、夺取胜利的撒手锏！

中国共产党为什么能？

中国特色社会主义为什么好？

归根结底是马克思主义行！

是中国化时代化的马克思主义行。

为什么党能多次在失误之后拨乱反正？

危难之际能够力挽狂澜？

因为党从血雨腥风中打出来，

在自我革命中锻炼出来。

因为党始终发扬理论联系实际、密切联系群众、

批评与自我批评的光荣传统。

始终保持着初心使命。

经验，经验。这些都是底气所在，力量之源！

当年毛主席在延安窑洞回答历史周期率之问：

新中国实行民主，让人民来监督！

而今，卓绝探索，

习近平总书记响亮给出治理兴衰的第二个答案：

自我革命！全面从严治党，开启新的伟大工程。

始终拧紧世界观、人生观、价值观的总开关。

盯住反腐倡廉，打牢理想信念。

习近平总书记是全党的核心，全国人民的领袖，

全军的统帅！

牢牢镌刻在血脉里的共同心愿。

捍卫"两个确立"，做到"两个维护"，

已是历史自觉、人民选择的必然。

增强"四个自信"，树牢"四个意识"，

已成为人民心中蔚蓝的一片天。

今天，我们比任何时候都自信且自豪：

道路自信、理论自信、制度自信、文化自信，

向世界贡献成形的中国方案。

中国的跨越式发展，实力已跃居世界第二，

成为世界经济增长的第一引擎。

华夏大地正在热火朝天地大干快上。

抚今追昔。忘记历史等于背叛历史！

一百年前，马克思主义随着一声炮响，

瞬间在中国辽阔山川爆炸开来。

结合，结合。已经同中国实际与中国文化结合起来，

落地生根，赋予了强大生命力。

毛泽东思想经受血与火的洗礼和考验，

夺取了新民主主义的伟大胜利。

伟大的灵魂带领中华民族挺直了脊梁。

邓小平理论，中国迎来改革开放的春天。

摸着石头过河，敢闯敢试，

开辟了富国富民的人民江山。

"三个代表"重要思想，科学发展观，

都是与时俱进，开拓创新的理论贡献。

指引人民勇毅向前，激情当先。

习近平新时代中国特色社会主义思想，

开辟了马克思主义的中国化时代化新境界。

创新发展成为我们自信的精神密码，

理论武装成为我们新时代的行动指南。

彰显中国之路、中国之治、中国之理、中国思想，

激励我们弘扬优良传统，赓续红色血脉。

不负韶华，凝心聚力，接续奋斗，

共同携手追梦伟大复兴的新时代。

党徽的分量

璀璨的天空有一颗最耀眼的星

闪亮党徽的光芒铿锵走来

也许它只有几克重

一经戴上却深感重量千斤

那是责任与担当已铸进徽章

将党的荣光凝结在心上

每个岗位　每一瞬间

都有镰刀铁锤在挥舞

九千六百多万个音符的交响

汇聚成蓝天下先锋的力量

一艘中华巨轮乘风破浪的帆和桨

近五百万个基层组织

恰如坚强的战斗堡垒

抵御惊涛骇浪

攻破艰难险阻

一把把战无不胜的刀和枪

默默奉献　做好事不求回报

如绚丽大地闪烁的金光

见义勇为　患难之处显身手

恰似寒冬里的春风拂晓

工厂车间里忙碌的身影

好像齿轮咬着轴心飞翔

田间地头的汗水涌向江河

日夜浇灌五颜六色的花果

各行业日新月异地发展

写满新时代的灿烂辉煌

今天岁月静好

只因无数先锋前赴后继勇毅向前

高昂的颂歌是飘扬的旗帜

闪耀的雄姿是奋斗的模样

党徽上更多了历史的精彩华章

十一 颂歌

每年这一天　我都要歌唱

歌唱祖国悠久辉煌的历史

歌唱祖国厚重秀美的山川

歌唱祖国勤劳勇敢的人民

歌唱祖国五千年的灿烂文化

一座座巍峨的高山

挺起大地的脊梁

一条条磅礴的江河

孕育着中华儿女

一群群前赴后继的仁人志士

扛起信仰的旗帜

一个个龙的传人

书写着祖国繁荣昌盛的诗篇

每年这一天　我都要读书写字

细细品读浩瀚历史

无论雄才伟略

无论善恶忠奸

从书籍的骨头里开始读

在史迹的血脉中仔细看

请出一个个顶天立地的伟人

从黄河边排列到天安门

再把一个个祸国殃民的小丑

从垃圾坑里刨出鞭罚警示后人

思考从哪里来到哪里去

书写用鲜血和生命铸就的真理

每年这一天　我都要祈祷祝福……

祖国经历了百年屈辱遍体鳞伤走来

敬献十四亿朵洁白的鲜花告慰英灵

祈祷今天来之不易的安康幸福

共产党——东方闪亮的救星　红旗招展

共同富裕　人民至上是我们铿锵的誓言

挣脱贫困羁绊的五十六个民族

团结繁荣发展　为中国添砖加瓦

迎着伟大民族复兴的朝阳阔步向前

每年十一　祖国的华诞

每到这天都是一次新生

我要盛装　我要清空

隆重装点自己　迎接伟大生日

好好清空自己　讴歌每一次盛宴

唯有如此

整装出发

才能更好地携手明天

致敬五一

清澈的爱，只为五一。

五一的根，扎进奋斗的土壤。

站在劳动创造的幸福山岗，

雪山见证着勤劳的足迹。

农民用脚步丈量田亩，

用双手刻写着斤两。

绿油油的青稞麦苗，

舞动着将要盛产的腰肢。

牧民把自己拴在马背上，

追逐牛羊肥壮的梦想。

合作社里的肉制品，

展示着丰收的景象。

五一的颜色，

涂抹在飞转的轮轴里，

镶嵌在黑白相间的讲台上。

从机器轰鸣中传递，

在教室书声里奏响。

一个个精美的零件，

跳动着欢快的音符，

伴随工人师傅们忙碌的脚步，

迈向世界。

劳动的琴弦在指尖上跳跃，

唱出了汗水的芳香，

散发着果实的味道。

雅江之水，汹涌冲击，

轮机源源不断放射电流，

照亮高原人民拼搏的前程。

川藏铁路隧道里钻机的旋律，

涌动着新时代的工人精神。

无论严寒烈日，还是狂风暴雨，

三百六十行，甩开膀子，

进行着行业竞赛的合唱。

草原森林中飞驰的高铁，

穿越洲际的飞机，

川流不停的车辆，

描绘着一幅幅繁华的景象。

漫山的勤劳之花，

在雪域高原上精彩绽放。

缅怀

——记9.30烈士纪念日

有那么一群人

如绵延不绝的群山

巍然屹立的脊梁

挺起龙的精神与血脉

有那么一群人

似凋谢但又将

新种子种下的花

绽放出更加鲜艳的生命

有那么一群人

像一座不灭的灯塔

曾经放射的光芒

依然指引着今日的巨轮远航

有那么一群人

宛如璀璨天空中的启明星

永远都将浩瀚宇宙定位

照耀的光辉矗立一座座丰碑

有那么一群人

抛头颅洒热血

前赴后继　冲锋在前

成为中国大厦的基石

一块块砖成就了历史的灿烂辉煌

英雄的故事

英烈的伟绩

一面面迎风飘扬的红旗

铸就中华民族精神家园的灵魂

今天　肃穆庄严的秋风

凝成一束黄菊和白花

敬献英烈纪念碑前

深深默哀三鞠躬

将信仰和挚爱高高擎起

北京冬奥礼赞

在烟花绽放的灿烂瞬间

黄河之水天上来　从鸟巢

拉开冰雪相约的盛会

诗情画意的大雪花

蕴含着一个个纯洁美丽的故事

尽显中国无与伦比的自信烂漫

十六天的竞技魅力精彩绝伦

展现各国健儿共同拼搏的逐梦画卷

让世界饱尝了一席冰雪成就的盛宴

北京冬奥成为永恒标志的奖牌

圣火点燃全世界的激情和梦想

团结　更团结的宗旨首次在北京冬奥上演

冰与刀的较量　雪与撬的碰撞

伴奏着力量与柔美的合唱

在晶莹梦幻的场馆里

冰立方再现一片冰心在玉壶

双人滑浪漫地炫起冰丝带

诠释了追求更高更快更强的格言

在白雪皑皑的高山上

演奏着雪长城与雪游龙的交响曲

大跳台的雪上飞人　宛如翱翔天空的利燕

每一个精彩的瞬间都来自千锤百炼

一切成功都来自顽强拼搏的实力贡献

绿色冬奥　书写中国科技

创造奇迹的博大胸怀

更有"冰天雪地也是金山银山"的华丽喝彩

共享绿色低碳的春风

将奥林匹克奖杯　拂得熠熠生辉

人们赞美 张北的雪　成就了冬奥的赛场

应用两百多项科技的竞技赛场

激发冰雪健儿夺取骄傲的成绩

中国填满金牌九宫格　勇夺世界第三

完美迸发了豪迈再出发的底气誓言

世界人民纷纷为中国点赞

一幕幕激情飞扬的亮丽瞬间

一幅幅惊艳传奇的动人画面

冬奥的每个角落

都有中国文化自信的生动展现

从迎客松到送别柳

冰墩墩托起中国风　展现中国姿态

闭幕会上的雪灯笼　点亮了我　温暖了你

友谊天长地久的歌声

唱响天下一家和奥运五环拥抱的心愿

北京冬奥已为世界架起一座连心桥

世界需要爱　大家携手向未来

人类同舟共济的友谊之船

正乘风破浪　驶向和平温暖的彼岸

致敬北京冬残奥运动员

一次次激情冲刺

讴歌美丽人生的悦耳乐章

残疾的双腿　依然能够竞技

残疾的双臂　照样能够夺金

他们用坚忍不拔的精神

创造突破极限的精彩人生

一个个感人瞬间

诠释自信顽强的生命惊奇

双目失明一样勇毅前行

双耳失聪一样冰雪飞人

他们用自强不息的力量

奋发拼搏为国争光

平凡却有闪光的品质

一束微光照亮心中的冰雪

永不言弃的精神光芒

点燃中国冰雪运动的希望

喝彩向命运抗争的灵魂

工业博物馆在歌唱

拉萨水泥厂的旧址上

珍藏着西藏工业的红色记忆

齿轮为门，仿佛看到继续生产着的车间厂房

工人的劳动号子依旧铿锵

老旧斑驳的机床车辆，从未折断梦想腾飞的翅膀

那些在川藏公路悬崖峭壁上，青藏公路高寒缺氧中

倒下。依然高昂着一往无前的身躯

用生命和血汗筑就通道，没有停歇的英姿

每每追忆起激情燃烧的岁月，总是血脉偾张

这里窖藏着无数的西藏第一

种子在发芽，根系在延长

第一条公路、第一座机场……

基础设施建设，固本强基

第一家机械厂、第一家皮革厂……

构筑工业文明的雏形，如雨后春笋

第一袋水泥、第一盒火柴……

补齐民生短板，产品从车间走向市场

还有第一个藏族电工、第一个藏族钳工……

师徒传承，团结奋斗

导游的解说，引领时光回流

旧西藏的二牛抬杠，一次次锈蚀，又重复着擦亮

漂泊的牛皮船，让日子颠沛于汹涌波涛

原始的火镰，千万遍撺试着

点燃酥油闪烁的昏暗灯光

还有那点取暖烧茶的渴望

和平解放七十年多来的新西藏

电网塔、信号塔，伸向白云深处的远方

村庄、牧场，比火更暖，比雪还亮

世界屋脊的儿女，生活更温馨更美艳

看那天路纵横，穿山越岭

高铁飞驰，飞机翱翔

大交通网畅通了经济的命脉

与全国人民一道奔向了小康

改革的春风吹绿了世界之巅

西藏踏上现代工业文明之旅

中央支援的"43项工程"和"62项工程"

犹如漫山盛开的格桑花

装点雪域高原的妖娆

川藏铁路，雅江开发

大幕次第拉开，开创高质量发展的新辉煌

特色优势产业，遍布在雪山森林农田草原

一个个跳跃的七彩音符

谱写着幸福西藏的华美乐章

一段工业红色基因的片段

一曲民族团结之歌的磁迹

一部西藏文化自信的典藏

求索的热泪，奋斗的汗渍。风干，腌制

红色基因的传承，浓缩了西藏工业奋斗的荣光

一个个企业的发展壮大史

将一曲曲民族团结之歌奏响

传颂着各民族交流交融与交往

一代代产业工人的茁壮成长

挺起了西藏跨越式发展的脊梁

民族团结的光芒

民族团结之花

在西藏的天空开放

满天的星星

宛如石榴籽般晶莹透亮

闪耀在浩瀚的星空

紧跟在太阳的身旁

花果放射吉祥的光芒

石榴籽的拥抱

就是一个妈妈的儿女

都是大家庭的兄弟姐妹

不管你何时来自何方

就像酥油糌粑融合在一起

每天离不开　还越来越香

世界再美的佳肴

都没有她的醇酿

珠穆朗玛峰再高

也没有她深厚的胸膛

雅鲁藏布江再长

也没有她感情的宽广

因为有母亲的爱恋

还有儿女的情长

西藏各民族大团结

就是那天上的大太阳

我们手牵手一起向前

共同沐浴幸福的时光

辑二

极地放歌

一片蓝天

坐上动车游林芝

穿山越岭，天堑变通途

西藏跨入了高铁时代

复兴号飞驰在世界屋脊

满载希望，满载幸福

山不再高，路也不再长

这条神奇的天路跨越雪域

拉近了我们的时空距离

说走就走，快捷便利

跨过江河，越过森林

坐上动车游林芝

览尽漫山桃花和绿色林海

看够皑皑冰川与巍巍雪山

骑上骏马，徜徉花海

深吸清新空气

赞美宽广林海

围着熊熊篝火

和卓玛啦跳起欢乐歌庄

用最欢快方式

记录生活的美好吉祥

醉美林芝

林芝，西藏的江南

蓝天、白云、雪山，森林、草地、农田

人在林中漫步，水在山间回环

一座座绿波掩映的新村

一幅幅水墨泼洒的画卷

四季常青的松柏云杉，成片成片

满目葱绿的青杠桦树，整山整山

林海无涯啊，一眼望不尽边

松萝挂在树上随风飘扬

吟唱这清新的空气，朗朗的晴天

盛开的桃花、杜鹃、黄牡丹……整树整树

花海也争艳，映红了姑娘们的笑脸

诱人的核桃、苹果、葡萄园……成串成串

丰收的季节，把长长的车队纷纷装满

飘香的桃李、草莓、香瓜……满院满院

勤劳的双手，掩不住喜悦的双眼

还有那连绵的嫩绿

是雪域圣谷的一片片茶田

人们穿着节日的盛装

把花果之乡的美丽尽情打扮

敞开母亲胸怀的尼洋河

从大山深处走来，静静地流淌

用甘甜乳汁滋养着万物生长

穿越时空的雅鲁藏布

从雪山之巅走来，奔腾喧嚣

热情诉说森林之城的幸福吉祥

亘古不老的南迦巴瓦

就像一位顶天立地的汉子

以起伏有致的巍巍雄姿

讲述着卫国戍边的壮举

高耸苍穹的胸膛，迷倒了多少善男信女

笃定最美林芝的形象大使

怎不叫世人啧啧称奇

美轮美奂的林芝

春赏花，夏看绿

秋观景，冬览雪

八方游客、慕名而至，邂逅于小康民居

阿爸阿妈捧出醇香的青稞酒

是待客的至诚礼仪

俊男靓女们跳起欢快的歌舞

尽情抒发着美满幸福的生活

物丰人美的林芝，豪情万丈

满怀信心。奋斗

在现代化建设征程上

桃花节、雅江节

牡丹节、松茸节

节节彰显各民族交往交流交融的光芒

林芝人民放的欢声笑语

是民族团结最生动写照

物交会、博览会，各种产品推介展销

奉献琳琅满目的勤劳硕果

吹响了新时代和谐发展的华丽乐章

拉萨之约

一幅厚重的时光图

布达拉宫白墙红宫依旧鲜亮

每一面墙　每一块砖

留下的印象不曾褪色

一千多年的历史装点得璀璨照人

古老的八廓街弥漫着

青稞酒的醇香

每一个转角　每一条街巷

都是优美邂逅的回眸

都是诗与远方的畅想

拉鲁湿地犹如一块翡翠

时时刻刻给日光城生命之氧

每一片芦苇　每一只鸥鹭

都令人凝神静气地

倾听着它们高昂低唱的旋律

拉萨河不经意间华丽转身

一头连接寂静雪山

一头贯穿热闹城市

南北两山不经意间换了绿装

看山望水行走在林梢云端上

走街串巷追寻着记忆的乡愁

太阳岛　仙足岛

两颗玛瑙镶嵌在拉萨河碧水之中

与绿树红花水光辉映

婆娑的垂柳伸出柔指搅动了两岸风韵

每个人都放慢脚步

担心打扰了慢生活的节奏

桃花盛开的时候

各种鲜花也相继敞开了心扉

好像不知疲倦的天真孩子

在蓝天白云下尽情撒欢

霞光与金色河水暖暖地交融合唱

打动沉醉的春心

唤醒灵动的风景

那曲的夏

空灵悠扬的牧歌

从天际边

阵阵传来

如小火煮沸的手抓肉

徐徐冒出汤泡的旋律

从根根草尖　朵朵花蕾

轻快地滑过

钻入耳窝　馨入心灵

荡漾在绿色花海上

那曲的夏

如川剧变脸　眨眼就变了

在牧民飞奔的马背中

在花与草的叶蕊里

犹如黄金一样珍贵

赛马节

徜徉在歌舞的海洋

宝珠绫绸随着姑娘柔腰飘荡

雄健彪悍的弦子欢歌

在羌塘小伙脚下擂响

锅庄　系在牧民心房的魂

是那样敞亮

我信步繁花织毯的草原

聆听那蜜汁般的牧歌悠扬

那曲的冬

那曲河像洁白的哈达

蜿蜒伸向天边

严寒将河水冻得像石头般坚硬

没了夏日的生机和动感

冰层下的鱼儿们静静地沉睡着

我仿佛听到些许呼噜里的叹息

岸边冰冻的草坪如铁板

已不见夏日的温柔

皑皑雪山　　连绵不绝

个个露出白花花的笑脸

寒风侵入骨头

钻心的冷僵直了头发

铁门紧紧拉住我的手

像见到久违的老朋友

铁皮炉里干牛粪燃得正旺

我和妻子围在炉旁

学习　加班

她备考本科　我赶稿子

累了一天　睡去

呼吸将枕边染得湿漉漉的潮

床头墙上爬满闪亮的水晶

一会儿在梦乡

夏的骄阳露出暖洋洋的笑

当"团长"的趣事

在那曲草原上

碾压出的一条条便道

是司机师傅用勇气和智慧

雕刻出来的图章

颠簸在这样的路上

才明白：

"其实地上本没有路

走的人多了

也便成了路"

司机出车　便是长途

披星戴月　还在赶路

无论春夏秋冬

早就习以为常

中途车子坏了　修不好

或油料烧完了　停在路上

不经意间当了"团长"

师傅吹着的口哨

仿佛寒风在呼啸

天黑了　没有过往的车辆

也没联系的信号

见不着任何灯光

更没有人烟的迹象

师傅笑了　并不慌张

裹着大衣　戴上棉帽

与星星做伴

以大地为床

把雪山当护卫

邀寒风做伴奏

让河流来吟唱

天亮醒来　他深信

过往的师傅定会伸出援手

因为这是时尚的约定俗成

更有附近的牧民兄弟见了

送风干肉

递酥油茶

无私地帮忙

公路再差也要闯出来

因为那是连通外面的希望

辽阔草原处处有阳光

生长动人故事和爱的力量

过年第一场雪

热闹一晚的拉萨　清晨醒来

忽然变了新颜

白茫茫的立体画卷

围着我的眼

鹅毛大雪纷纷从天空倾泻下来

四周的山已呈银色

我微闭双眼　仔细聆听

耳边的雪　还伴着鞭炮的乐音

一起祝福　瑞雪兆丰年

拜年啦　阿爸阿妈捧出的哈达

比那雪花还要洁白

切玛　青稞酒

罗萨扎西德勒！深情地祝福

跟随雪花飘进过年的酒碗

野牦牛

孤独的高原之舟，在人迹罕至的雪山之巅盘旋
能坐双人的头角，攻击。虎豹豺狼都惧怕

悠闲地舔食稀疏的草尖。很是怡然
硕大的尾，扬起。雄风威严的王

享用甘甜的冰川，远离城市喧嚣
时刻捍卫神圣不受侵犯的尊严

其实。也会和牧民家的牦牛群联欢
才有了认祖归宗那般欢喜

种树的决战

只因那曲高寒

生命之树

成活是那样的艰难

高海拔种树　变成一场难缠的抗战

每年五月复苏

三个月的生长期

同时间赛跑

生机勃勃的时光如昙花一现

进入九月　再次枯萎冬眠

一年八个月的风吹日晒

沉睡中的稚嫩身板

怎能经受如此煎熬?

枝叶早已风干　树干晒成干柴

来年只能从树头顽强地长出一点新枝

这是藏北草原上的一点绿啊

苍天怎能忍心将她摧残！

漫长的冬眠　持久的风吹日晒

阻隔了绿树与草原的结伴

销蚀了绿树成荫的画卷

年复一年　那曲的树成了过不去的一道坎

成了世界屋脊上的一道魔咒

成了那曲几代人心中的一大病患！

不甘心

那曲是世界唯一不长树的地级市

打破魔咒　掌握规律　人定胜天

不服气

心中的绿树一定要成活在羌塘草原

一代代那曲人不屈地摸索

引种心中的绿色希望

今年杨树不行　明年种柏树

柏树不行又种红柳……

反复试验　精心呵护　愚公移山

习近平总书记心系高原生态

组派专家科技攻关

啃下硬骨头

引种驯化　土种选育　逐项展开

有了抗寒抗旱的基因镶嵌

缺水　定期浇灌

防风　用围子罩起来

坚忍期盼着婴儿呱呱坠地的那一天

红柳活了　沙棘活了　柏树松树也活了

连续三年以上都成活

世界屋脊上真正种活了期盼

种活了夙愿已久的美好梦想

看吧　长出的一株株绿色生命

是高原人民的铮铮誓言

风中的草原

一捧土投入辽阔草原

成为一棵小草的天地

在雪峰面前

如融化的一滴营养水

面朝无垠的湖泊

风卷起浪花的笑语

仰望星空

悠扬的牧歌传向远方

牛羊追随时光的足迹

草原响起风的交响

牧人浪漫的日子

马背上　嚼得活色生香

一顶顶欢乐的帐篷

我情不自禁地向往

风中的草原

追梦二十六年

跟她草长莺飞

随她日落月升

青春如偾张的血脉

我用足迹书写华章

甘愿成为风的伴侣

随鹰自由翱翔

强我筋骨　助我成长

在离天最近的地方

守护每一份快乐

开启每一次远航

圣象天门

是大自然的造化?

还是上天的眷顾?

单单以一尊神圣的大象,

雕刻在纳木措的港湾。

掩映在水天一色的碧蓝里。

风霜雨雪,将山真正绘成象的颜色。

长鼻长腿间,打开一道天门。

走进圣象天门,

才能称得上真正来到纳木措的圣殿。

念青唐古拉山脉连绵不断的传奇,

蓝色港湾的波涛卷成一双双眼睛,

时间定格在怪石林立的峭壁,

周围的魔幻涤荡着脆弱的神经。

一幅天人合一的水墨画卷，

有了与天与山与湖联系的身影，

有了与历史的亲密对话。

让你沉醉不醒。

纳木错

纳木错，

是念青唐古拉飘落的一片雪花。

天上的星星，

像爱打扮的姑娘，

天天把湖面当作一面镜子。

见过破冰开湖的美景吗？

熬了一个寒冬的冰层，

在大地的鼓动中，隆起，断裂

迸发出惊涛骇浪。

如破镜碎地般飘在湖上，

心碎了云彩和太阳。

见过纳木错滚滚波涛吗？

一浪高一浪，

正如大海在咆哮。

却怎么也逃不到岸上，

可惜扰乱了平静的湖面，

心碎了星星和月亮。

多么想你长出强壮的翅膀，

飞向心中的天堂。

牧人的甜蜜

牧人的甜蜜，

是飞奔在马背上，

喝着酥油茶，

吃着手抓肉，

跳着锅庄舞。

牧人广阔的胸膛长在草原上，

温暖的小家藏在帐篷里。

大雪纷飞的夜晚，

牛粪炉里燃起草原人心中的希望。

响箭

哨声穿越时空飞来

恰似传递喜讯的飞鸽

丰满了工布人的日子

响箭飞去的地方

回荡着报春鸟的歌声

那里有桃花酿成的美酒

那里有歌舞汇成的海洋

工布民居

以树皮、石片为瓦，

为工布人民挡风遮雨，

却挡不住人字形的匠心。

独特的工布民居，

一幅耀眼的风景。

缕缕和风，轻盈地吹拂

通透的屋顶，吻干了

晾晒的粮食和饲草。

独特的建筑艺术，

留住了满院的幸福。

桃花节

没奢望无他求

只给一缕阳光

就会回报漫山的灿烂

红的粉的白的

五瓣花萼装满整个春天

每年桃花节上

都有美丽姑娘代言

那一个个美丽的姑娘

那一双双楚楚动人的眼

难道不是身边怒放的朵朵桃花

绽放在最靓丽的节日

太阳的宝座

荡漾成幸福的海洋

洋溢在远方游客的胸膛

涌向雪山森林

飞往平原海疆

雪顿节

一碗酸奶便是一座雪山

雪山的深情装在酸酸甜甜里

撒上人参果葡萄干白糖

收获一个旺季

雪顿节　吃酸奶的节日

是拉萨人民幸福的港湾

河畔溪边

坐满了盛装的人们

色彩斑斓的帐篷

宛如蓝面白面的藏戏脸谱

来自五湖四海的朋友

相拥在三口一杯的热情中

端起酸奶的那一刻

哈达划过历史的天空

托起蕴含千年的纽带

雪山钟情

前方似风似马的白云

宛如一道漂亮的幕墙

挂在连绵的雪山之巅

湛蓝的天空俯下胸脯甘为背景

那被千年冰雪笼罩的雪山

犹如一个憨厚的高大汉子

穿着一身厚重的白棉袄

戴一副冰川面具

历史冲刷与沉积起来的雪山

演绎着地球第三极的传奇

格萨尔史诗般传唱的美丽故事

温暖着一个个善良的灵魂

欢歌　舞蹈　隐秘　神圣

都是雪山提前安排的剧本

"那一世"只为途中与你相见

转山　探险　都为那份虔诚

一种情有独钟的祈福

赋予了雪山灵性与庄严

每条河流都是雪山开辟的

一条通向大海之路

海洋是雪山的归宿

如牛郎织女相会的梦境

每一个灿烂的人类文明

都是雪山以河流的名义

孕育着起源与繁荣的诗篇

青藏高原的雪山冰川

汇流成黄河　长江　澜沧江的文化清泉

雪山魂牵梦萦的向往和期许

继续在雪中　在海里

或在通往新时代的路上

延续着创新与繁衍

天籁欢歌

——致才仁巴桑老师

你头盘红缨　点燃欢歌的火焰

威武的雄风　如一抹红霞

踏着宛如莲花般飘飞的七彩音符

匠心谱写的曲音

在天际中穿行

你拉着手风琴

将散落山川的一个个音符

组合升华成天籁之音

赋予情歌生命

一首首曼妙之曲

带着山风飞进歌舞的海洋

"遇上你是我的缘"

洋溢着父亲对女儿的爱

萦绕在玉树临风的心间

"我们好好爱"

如阳春白雪

每每唱起

伴随着三口一杯的醉人狂欢

扬鞭草原　帐篷充满牧歌的灵魂

留下你追梦的身影与激情

飘香酥油的琴键

奏出悠扬的音律

走进村庄和田间地头

有你执着采风的初心

歌曲里盛满泥土的芳香

指尖上舞着丰收的节奏

面向林海　枝叶上晶莹的露珠

闪烁着你雪山冰川的情怀

优美的乐谱上

跳跃着激昂的节拍

音乐是你生命的魂魄

旋律是你精神的彰显

一首首动听的歌曲

宛如一朵朵艳丽的鲜花

像一只只翩翩起舞的蝴蝶

豪放的音律　流淌出叮咚的泉水

如温暖的阳光　照亮每个角落

当惹雍错

四周山崖上的一道道历史褶皱

是你一次次冲击海岸的见证

远古海洋的潮汐

刻录下一次次叹息的身影

不安于群山的环抱

朝思暮想着大海

相思的泪水

化为达果山巅皑皑白雪

一天天消瘦的湖面

一天天长大的湖岸

万年温柔　静谧吟唱

任由肆虐的风

抚慰碧玉的肌肤

善男信女们顶礼膜拜的容颜

因你而兴的古象雄

马蹄声早已消失

宫殿里的钟声

已被卷起的浪花淹没

曾经的辉煌流入湖底

剩下残缺遗址与你对视

看着太阳的金光

把青稞烤得一片金黄

湖畔响起的锅庄旋律

正是牧人们丰收的联欢

雪雀

传说西王母身边的神鸟

对雪山冰川情有独钟

给雪域高原赋予吉祥

羌塘草原的小精灵

栖于冰川雪地间

与岩石小草一起汲取阳光

娇小的体魄　不畏严寒

粗短强健的嘴　专灭害虫

今人不懂　误称为麻雀

总是啁啾一声回眸一笑

本是百灵的兄弟姐妹

清脆悠长之音

被喻为草原歌王

击鼓似的欢歌

是你爱的舞蹈

直冲云霄自由飞翔

犹如牧人在马背上飞奔时的快活

精巧炫彩的荣耀

本就是草原的最美代表

土林在吟唱

一次次滂沱大雨的冲洗

剥蚀风化成一张褶皱的脸

风一点一点地精雕细琢

或奔马　或长矛　或城堡　或碉楼

亘古连绵的雕像

闪烁着象雄王朝和古格王朝的光影

远古只有风和水的蓝天下

千姿百态的黄土黄沙

赤条条来去无牵挂

只有象泉河　狮泉河　孔雀河　马泉河

簇拥着这块原野繁衍生息

三千年前的穹窿银城

赋予冈仁波齐世界中心的桂冠

拥有百川之源　万山之祖的尊号

象泉河水悄无声息地卷走尘封的历史

只剩下残墙壁画孤独的伤痕

那恰是大鹏鸟居住的地方

还有土林里那浓密的符号

成为雪域高原文明真正的根

灿烂的霞光注入土林灵魂

古格王朝从此兴起

传承象雄王朝文明的沃野

延续吐蕃王朝辉煌的雄风

七百年的光辉

在托林寺金银汁绘成的壁画上依然闪亮

富甲一方的土地

必有惊心动魄的故事

一条蜿蜒通向山顶王宫的隧道

一座半山腰上垒砌的石楼

见证着王朝军民与拉达克的抗争

强盛一时的古格文明

等待后人去揭开神秘的面纱

戈壁滩

我迷失在裸露的胸前

从太多方向涌来

诱惑　被你风化

干旱灸着肌肤

沙暴卷起盐碱

打着旋的风如一道高悬隧道

一只骆驼驮着长长的思念

袒露一张皱巴巴的脸

不见繁华的烟火

赶着风寒还有电闪雷鸣

雪峰在月光下泛着白色的迷蒙

苍茫的原野包容一切胸怀

生命和灵魂都装在心间

一片空旷的寸草滩

麻黄草　红柳　骆驼刺

深深扎进砂砾中

生命蛰伏于单调的黄色里

有灯光的地方

成片花草绿树

仿佛飘在云天外

树叶的苦乐

那曲的艰苦

在高寒缺氧中

更有相思的苦

深藏在心里

静静地躺在草原上

嚼着青草仰望星空

捧一口河水解思念的渴

寻找水中家乡的月亮

漂泊的孤影像树叶

要么绿了　要么黄了

长出一株黄连　苦撑苦熬

清热解毒　无言的深情

星星知道　河水也知道

多朝有光亮的地方看看

就不会被脚下的阴影困扰

即使一脚踏进水洼里

也会踩出灿烂的水花来

张大人花

从历史的花蕊里走来

远离故土亲人　跟随张荫棠

跋山涉水　灿烂且旺盛的生命力

扎根在雪域高原

亲吻每片雪花

种子撒向哪里

她就在那里扎根

八瓣花叶簇拥的金黄花蕊

恰如各族兄弟姐妹共同守护的家园

红的粉的

绽放幸福吉祥的年华

一朵厚重的张大人花开在心里

圣洁 坚强 自由 快乐

成为汉藏团结的化身

在高原散发着沁人芳香

牦牛与山

我的窗前

每天都飘逸着南山的一群黑云

宛如一颗颗黑珍珠

散落天边　依恋着母亲

一尊山神　一群耕耘不息的魂

早上在山腰上

中午便到山顶

黑亮亮的眼睛

始终盯着山影

不曾离开每一滴甘露

就像嗷嗷待哺的婴儿

吮吸着母亲的乳汁

厚重深沉的大山

将一切生灵拥入怀中

就像每一个虔诚的朝圣者

用身体丈量着每一块石头

每一个草之精灵

出门　回家　上山　下山

仰望星空的那群山魂

唱着牧人心中不灭的歌谣

一片叶子的承诺

一片叶子

从云雾中探出头来

晶莹的露珠挂在叶尖

深藏万水千山的依恋

叶尖和露珠都装着同一个世界

那是十八军进藏时

自力更生开垦的茶田

云雾缭绕与雪山为伴的圣谷

书写云端的传奇

当年　张国华将军播下的茶树种

已长出连片的红色基因

叶片的纹路里留下将士们的血脉

树干的淋巴就像他们手上的老茧

而今　茶田在不断拓展

茶叶在不断增产

"雪域圣谷"的品牌已走向世界

一片叶子致富一方乡亲

清澈的笑语荡漾在酥油茶里

可口的酥油茶温暖在人们的心间

白唇鹿光临拉萨城

本居高寒草甸灌丛森林的你

禁不住城市风光的诱惑

如天外来客般的精彩

你好奇

城市的人们更加好奇

四只可爱的精灵

将圣城拉萨带进童话世界

纯白色的下唇

如一道风景

优美漫步在拉萨河岸

艺术与诗画般的犄角

彰显雄性的神圣

对称对开的茸枝

是古老沧桑的树枝开出的花朵

如灯塔一样照亮前行的道路

人们顶礼膜拜

心中的神圣吉祥

你亲临日光城

书写人与自然和谐共生的画卷

用柔情谱写一曲爱的咏叹调

给日光城无尽的欢乐和温馨

你的倩影像阳光一样

温暖每个人的心灵

河畔红霞

一抹红霞拉开大幕

红彤彤的天空

彩云追着坠进河中

煮沸一河圣水

好久没来河边了

新修的滨河公路公园

就像时装秀

与水天同台共舞

微波荡起的涟漪

拉长了水天一色的景致

河边上　　林卡里

一拨又一拨的人群

牵着彩霞的丝线

踩着锅庄的节奏

在酥油茶杯中

在青稞酒香里

南伊沟

梦幻仙境南伊沟

一个孕育童话的世界

扑面而来的原生态

荡涤着清新的灵魂

走进这个森林氧吧

毛茸茸的松萝

像老人的胡须

寄生在树枝上随风飘曳

南伊药王谷的美丽传说

伟岸的千年云杉王知道

传颂着藏药始祖宇妥·云丹贡布

采药行医授徒的业绩

漫步天边牧场

接受来果桥洗礼

观赏长满奇花异草的藏药胜地

领略独特的珞巴文化

还有那惊艳的民俗新居

时刻拨动着人们沸腾的心弦

雪山锁不住春光

高原隔不断深情

珞巴儿女像扎根边疆的格桑花

守护神圣国土　　建设幸福家园

放牧就是巡逻　　坚守就是热爱

一生一世　　都那么坚毅　　怡然

南迦巴瓦峰

等待　耐心等待

风正用力拨开面纱

直刺苍穹的长矛

已穿透蓝天

云开雾散的那一刻

千年的积雪

绽放少女般纯洁的芳心

梳妆着冰清玉洁的容颜

风韵十足的身姿

在余晖中金光闪闪

惊心动魄的画卷

怎能合上双眼

雅鲁藏布大峡谷

只能从她脚下

悄悄溜开

墨脱

如盛开的莲花

隐秘于云雾和森林

成就"世外桃源"的美誉

诠释了"世界博物馆""基因库"之惊艳

滋养着万物

在世界屋脊

演绎别样的风采

独特的民居

独特的服饰

独特的民俗风情

在"羌谐"中领略幸福欢乐

在竹笛口弦中憧憬似火的爱情

兽皮与鸡爪谷茎完美结合的服饰

展示了天人合一的智慧生活

爽朗的笑容　欢快地起舞

闪耀着门巴族、珞巴族文化

迷人的光辉

墨脱　来了就不想走

只因为你

神圣　神秘　神奇

果果塘

果果塘 一个甜蜜蜜的名字

雅鲁藏布江为这把"地球历史之门的锁孔"

赋予了优美的蛇形

每当太阳初升的时候

白茫茫浓雾随江盘亘峡谷

犹如银白巨龙腾飞缠绕大山

升腾弥散的云彩

仿佛山巅的一簇簇天仙

湍急的江水

飘飞的云海

碧绿的森林

远处雄伟的雪山

唯美得如梦如幻

地球上最后的秘境

镶嵌在峡湾的绿色翡翠

这片远离城市喧嚣的净土

将永远留在人们的记忆里

只因世界只有一个墨脱

而墨脱却拥有整个世界

藤网桥

藤条编织的网桥

像一条凌空飞舞的蛟龙

一处横卧雅江之上的景观

承载门巴族、珞巴族特有的文化记忆

墨脱藤网桥的每一个结上

都凝固着百年的历史深情

两岸欢腾的舞蹈

宛如江水涌起的浪花

唱着延绵不绝的歌谣

僜巴

带着美丽动人的故事

从大山里走来

从森林中走来

满脸笑容闪耀祖先的荣光

一对长鼓似银耳环

一根铜质的长烟杆

撑起母性的慈爱

头盘长白帕

尽显古朴

玉米　旱稻　荞麦　鸡爪谷

成就了梯田里的风景

香喷喷的土鸡块

传奇风味的手抓饭

返璞归真

洋溢着独特风情

双体陶罐

历史的钟声敲醒三江大地

穿越时光

千年前的气息

穿透崇山峻岭

深爱的火炬

照耀着陶与土繁衍的足迹

一种情怀

沿着澜沧江西岸

在卡若河交汇的台地上

用石凿方式筑起城堡

默默诉说着三石炉灶上

陶罐划时代的粟香生活

两个袋形的孪生双体相融相交

似丰满的胸

如丰腴的臂

尽显母性荣光

一对耳和尾的灵感

造就一只可亲可爱的小兽

朱墨彩绘的纹饰

闪烁着前人美满的虔诚

高原并不孤独

玉器海贝连着黄河长江的血脉

奔流不息的江水

浇开美丽的浪花

在茶马古道的驼铃声中

汇聚成不朽的雪莲

藏族的摇篮

——山南

在冈底斯山和念青唐古拉山之南

猴子洞里的美丽传说余音犹在

雅砻藏布东岸的扎西次日山顶上

聂赤赞普振臂一呼

建王城　筑宫殿

雄健嘹亮的召唤

一只熟睡的母鹿用后腿

托举起雍布拉康的神圣与庄严

文成公主

站在雍布拉康边

与松赞干布并肩展望未来

任凭红纱随风飞舞

山下的索卡村　土壤肥沃

翻腾的麦浪倾诉着灿烂序言

丰收的第一捧青稞

成就了藏族最香甜的喜悦

这是西藏历史上第一块青稞田的奉献

高高举起一把圣土

轻轻撒向别处

慢慢地成长蔓延

有了种子有了良田　也就有了希望和发展

勤劳的双手筑起第一座民居

索卡这个地方便成了最温暖的家园

于是，手工氆氇

在一针一线穿梭中吟唱着歌谣

围裙之乡编织着民族的摇篮

一路风尘走进历史深处

深深感悟前人教诲的格言

点燃历史的烟火

山南始终占据着西藏历史书的第一页

书写每一块田地的故事

书写每一个村庄的业绩

倾诉每一座山脉的神话

倾诉每一座寺庙的传奇

每一页都是史诗般的经典

数不清的第一

如胎记镌刻在心间

宗山　宗山

《红河谷》拉开江孜保卫战

一群捍卫家园的军民

用弓箭刀棍血拼

用乌垛砸向敌人

侵略者的野心被迎头痛击

强盗们觊觎的匪色

变成宗山脚下的野鬼

宗山虽不高

成为侵略者最难攻克的堡垒

罪恶的大炮炸不垮守土护家的勇士

罪恶的机枪挡不住保家卫国的英雄

烈士的鲜血染红了河谷

四块石碑见证着英雄城的伟绩

弹尽粮绝　宁死不屈

三天三夜的惨烈战斗

数百名战士悲壮跳崖

用生命谱写抗英壮歌

三个月的保卫战

控诉着侵略者的恶行

传颂着军民团结抗敌的雄壮故事

如今　宗山依然巍巍屹立

格桑花簇拥的江孜城

继续高歌猛进

虫草

冰雪的冬天

用丝被裹身

似蚕虫作茧般冬眠起来

晶莹剔透的纯洁之躯

期盼着夏的来临

一直暗恋蝙蝠蛾的爱情

哪怕身体僵化了

也要华丽转身

以一根草的形态

展示黄金一样地生命

成长的秘密

潜藏在草丛里

从梦境中探出头来

望望雪山　看看蓝天

感悟着周围的绿意

时光再短暂

也要绽放成雪域精灵

诠释存在的高贵身份

经受了炼狱般奇迹重生

人们蜂拥而至　搜寻生命的火种

西藏的天空

西藏的湛蓝天空，

是深不见底的满足。

桑烟袅袅里，

散发着林卡里的青稞酒香。

酥油茶里注满糌粑的味道。

欢快的锅庄，

擂出勤劳的鼓号。

草原牧场有你深情的足迹，

帐篷边还有挤奶姑娘的微笑。

森林田间有你欢歌的倩影，

青稞地里还有镰刀在飞舞。

雪域的路上，有你我挥洒的汗水。

收获的果实，犹如一座丰碑，

耸立在高高的山岗。

辑三

爱在家乡

一片蓝天

荷和原乡

六蠃山下的万亩荷田

楚楚动人的荷花

红白粉的身姿

雍容华丽的衣裙

沐浴出水时的婀娜

宛若风华绝世的仙女

圆润肥绿的叶似翩翩君子

情意浓浓撑起一把伞

随风翩跹

辉映一池碧绿红颜

根深深扎进水和泥中

托起一片碧绿的天空

朵朵莲花连着根茎叶的血脉

带着蛙声与蝉鸣

合奏莲花盛开的诗篇

荷和原乡的满满情意

恰似龙乡火锅一样的夏天

一朵朵灯笼似的荷花

如满天星辰

装点着这片绿海

浓郁的气息　终于明白：

　"山不解释自己的高度

它自会耸立云端

海不解释自己的深度

它自会容纳百川

地不解释自己的厚度

它自会生机盎然"

绿叶对荷花浓浓的爱恋

描绘出和谐美丽的景象

火龙

把生铁烧成火红的铁水

绽放成天空飞舞的铁水花

比鲜花更烂漫

火龙飞舞在空中

一身威严喷出雄风火焰

舞龙人头束红绸

穿着红短裤红缨鞋

赤条条地闪转腾挪

激越得腾云驾雾

人在火中舞　龙在花中飞

火流星闪耀着沸腾的旋律

一个个龙的传人

舞出红红火火的好年华

铜梁龙舞

从远古腾云驾雾而来

不畏强暴　英勇善战

智慧聪明　富裕吉祥

一切美好凝结成中华民族信仰的图腾

以民俗舞蹈传形

用龙的灵性铸魂

人龙合一的精彩龙舞

召唤着龙的精神

九龙同贺国庆

数次惊艳天安门

气贯长虹　享誉五洲四海

掀起华夏文化的风浪

铜梁龙的威严与和蔼

赢得"中华第一龙"的传承

满天星星般的铁水花下

稻草龙　大蠕龙　火龙……

还有凤凰从星河中飞来

"龙凤呈祥"定格一个永恒的符号

铜梁图形

行走于地图上

盯着一幅春意盎然的渝西画卷

你面朝涪江　捧出天穹的墨汁

编撰以铜铸梁的历史

讲述数千年的美丽传奇

吟唱春秋的诗词

满怀战国豪情

踏秦音款款前行

盛装唐服翩翩起舞

大明永乐宫中的舞姿

宛如穿越时空而至的淑女

一条游弋江河的蛟龙

呐喊着哨音

一路竞渡飘来

穿透嘉陵江长江的烟雨墙

朝向世界放飞节日的彩虹

身披七彩祥云

宛如仙女下凡

缓缓飞落巴岳山边

世代生息繁衍

一只翱翔鹍鹏

张开梦想翅膀

带着龙舞雄姿

和铁水花的狂热

舞出八十五万个龙的音符

承载着龙文化的血脉

一支飞出的利箭

穿越海浪般的玫瑰花丛

绽放一面新农村远航的旗帜

撑起一把把绿伞

遮骄阳　挡暴雨

飘来荷和原乡的花香

传来龙乡腾飞的歌声

飞奔的箭头穿透山川的劲风

眺望青山绿水

山峦是宽厚的胸脯

河流是勤劳的血液

富饶的肌肤上

饱含着深情的乡恋

仙女山

不是随董永织布去了吗？

仙女，如今相会的石桥

多了天坑地缝般的爱

海枯石烂的誓言

不见天生三桥上的倩影吗？

最喜欢天龙桥那样深沉厚重

青龙桥那样倒映诗情

黑龙桥那般潇洒魔幻

雄奇险秀幽绝的磅礴气势

都是仙女馈赠的遗产

芙蓉河水天上来

竖井溶洞中的千姿百态

洗刷成喀斯特的容颜

仿佛传来江边拉纤的号子

沿着悬崖上深深的足印呐喊

绿树葱茏　万紫千红的春色

清幽秀美　凉爽拂面的盛夏

百鸟啁啾　层林尽染的秋意

冰瀑飞泻　银装素裹的冬天

奇峰　雪原　林海　草场

精雕细刻着每一片天空

石柱印象

巾帼秦良玉

万寿山下点将台

一腔爱国情

矗立于口碑和书简

少男少女的爱恋如石柱

代代相传于永恒的群山

长江之水 财富之源

三峡库区的壮美奇观

土家人用坚韧不拔的手劲足力

描绘出一幅美丽的小康画卷

水面飘浮的一片片稚嫩的莼叶

宛如美人莲

晶莹剔透润滑

日夜不停地采集野花的蜂

一点一点酿制着香醇的蜜

成为致富兴业的一把遮阳大伞

一朵朵小花　动了心思

将苦味装扮成一支黄连

撑起乡村崛起的一片天

火热的性格

质朴率真　如土家人的笑脸

辣椒的红色

是石柱的血脉

习近平总书记的嘱托　镌刻在心间

架起产业腾飞的翅膀

抒写酸甜苦辣的特色

成就每个支柱的精彩诗篇

恰似用三伏天的热度

铸造清爽舒坦的品牌大餐

家的味道

一个遮风挡雨的窝

两个不完美结合起来

共同创造一个完美

筑起一片蔚蓝的天

一艘远航的船

齐心协力才能乘风破浪

载着缠绵的梦

驶向幸福的彼岸

一路颠簸走来

日子再难还得过

兑现的承诺

每一天都绽放精彩

你我他都是

缆绳上的一个结

如一个个细胞

筑成伟岸的生活

一双神圣的鞋

每天陪着跋山涉水

只有脚才知道亲情与温暖

阳光　雨露　都为生活灿烂

香浓的年夜饭

全家人团聚在一起的时光

一边品尝着汤圆饺子

一边嬉闹着观赏春晚

新年钟声敲响的时候

红满天空的烟火

见证温馨的瞬间

一辈子经营的职业

酸甜苦辣　嬉笑怒骂

都是一日三餐的调味品

用心去经营与感受

无论欢乐和苦恼

都是面对担当的伙伴

七彩祥云

飘扬在夜的星海

千家万户

绘出五彩缤纷的世界

金佛山

神秘的北纬30度线上

吹风岭占据最高点

云集奇峰异石

朝辉晚霞

交映绵延不断的绝壁

山影宛如一尊金身睡佛

山势雄奇

似雄鹰展翅　似母子相依

童子拜观音　金龟朝阳

瀑布飞泻如烛台

奇峰竖起大拇指点赞

山脊上穿洞而成的南天门

居高临下守护着万物生灵

从山顶到山脚　暗河涌动

风化溶蚀的灰岩溶洞

钟乳石的奇观　在文人墨客手中

妙笔生花

金佛洞里

散发着硝泥的火药味

延续着四大发明的传奇

药池坝的华佗后裔

广采山药　煎熬成汤

风变为药风　水变成药水

传颂动人的诗篇

绿苔滴水　郁郁葱葱的森林

高大的红豆杉　古银杏　杜鹃王

纷纷成为生物多样性的名片

飘香的大叶茶　沉醉于云雾间

秋雨中的方竹笋

独享中国独有的珍稀竹林

有棱有角地汲取大自然的灵气

生态石林　森林氧吧

绘就一幅幅鸟语花香的水墨画卷

魅力之城

如积木搭建的山川

群山连绵　沟壑纵横

魔幻　妩媚

似母亲怀中的瑰宝

山是一座城　城是一座山

站在路边倚栏远眺

本以为轻轨车作客串亲

却轻快地奔进高楼

惊艳地换了人间

一座座风格功能迥然的桥梁

拉近了时空

连通了两岸

只留下拉纤人巡展的剪影

书写"桥都"遍布的浪漫

长江嘉陵江　不离不弃

诉不完千年情万年恋

赋予"江城"生机与灵动的诗篇

两江的瞳眸里装满缤纷的重山

朝天门的立体画卷

诠释不夜城的沉醉和美艳

朦朦胧胧的雾

滋润着女儿的容颜

练就着男儿的嗓音

似见非见的倩影

是"雾都"魅力的展现

麻辣烫般的性格

抒写"火炉"的生活

怎么来　便怎么过

活出自己的精彩

两江大桥

一双美丽的玉手

张开双臂连通四岸血脉

牵着长江和嘉陵江的眷恋

托住车水马龙的繁忙

承载人头攒动的喧嚣

贯通渝州南北中三区的繁荣

一道城市的景观

造型与力量完美结合

将"公路+轨道"模式柔美呈现

成就"双子桥、双胞胎"的世界荣誉

两座大桥像参透繁华的老人

大智若愚般给予城市宁静

江水掩映着缤纷的色彩

洪崖洞与大剧院交相辉映

解放碑商圈携手繁华热闹

龙门浩老街欣赏地铁穿越大桥

发展的脚步

已将两江索道悄悄收藏

一对腾飞的翅膀

挟两江之水溢映"江城"

实现"天堑变通途"的千年梦想

雄鹰迎风翱翔

朝天门远航的巨轮已经起锚

附:

对 联

东水门千厮门　　两道彩虹卧两江

公路通轻轨通　　三座天梭载三乡

茶山竹海

秀芽　毛峰　毫茶　茗香重庆

楠竹　花竹　人面竹　连片碧翠

桫椤　桢楠　银杏　红豆杉

珍稀高贵的身姿

呵护着茶山竹海

各种鸟　各类兽　各色昆虫蝶类

与猕猴　黑熊　灵猫　水獭

形影相守森林

箕山顶上的薄刀岭

岭薄如刀　峰尖似锥

如腾飞巨龙游弋

自得怡情

再相聚

同窗四载

人生传奇

意气又风发

钻研的数理

多兴趣

常竞技

合合聚聚装经纬

欢欢喜喜增友谊

干事创业

各抒东西

或教书育人

育桃李

创业绩

朝朝暮暮甘奉献

年年岁岁多壮志

回首相聚

谈笑风起

祈家庭幸福

盼平安康体

要保重

时常聚

点点滴滴树后人

风风雨雨万千事

辑四

感悟生活

想你

思念恰似放飞的风筝

你牵着丝线

累在家乡

赡养老人　照顾儿女

一天又一天

一年重一年

我是那飞天的风筝

身在高原

忙着工作　做着奉献

一天又一天

一年再一年

你常问我吃药了吗

今天血糖血压降没降

我想问你腰还痛吗

今天的眼药水滴没滴

总是那么嘱咐短长

天各一方

相距数千里　　但

近得听到蹦跳的心房

但凡拽拽丝线

心里都在　　倒海翻江

思念

我在世界屋脊的那曲，

书写离天最近的思念。

聆听长江的故事，

那里有格拉丹冬流出的清泉。

过去，思念是一封焦急的电报，

或者变成一张期待的邮票。

现在的思念，

从天空飘下手机里的缠绵，

或者是我梦中穿越时空的呢喃。

海拔最高的思念，

从怒江蹚出，

穿透金沙江的胸怀，

相拥在重庆两江交汇处，

将你掩映在最低的水岸。

重庆的麻辣烫，

一首最热烈的诗篇。

和着醉人的心跳，

雪山冰川融化之水，

默默地注进你的血液，

直到永远。

绿度母一样的母亲

1.南瓜花

在田野里

母亲像一朵盛开的南瓜花

我们在花蕊里汲取母亲的乳汁

一颗颗种子 一天天地长大

南瓜花的模样恰似慈祥的母亲

瓜皮上有母亲的亲吻

瓜瓢里便会泛起蜜一样的涟漪

2.母亲的爱

母亲个儿不高，年轻漂亮。能干

六七十年代的农村，还是集体劳动评工分的岁月

勤劳贤惠成了她在村里的代名词

我们兄弟仨就像嗷嗷待哺的小鸡崽

每天躲在母亲温暖的羽翼下，进入甜蜜的梦乡

时不时张着小嘴，露出梦呓的笑脸

母亲的爱，是那红薯稀饭里

专门挑出来的一小碗米饭

她喝着薯汤，看着我们把一粒粒粥米吃完

3.夜里种菜

母亲总喜欢披星戴月地干活

夜深了。仍然忙在庄稼地里

她也有孤单的时候，常叫我提着煤油灯

一边种菜秧，一边讲故事

深怕我不小心睡着了，喂了蚊子

4.唠叨

小时候，总是看着母亲的脸
听她不停地唠叨。因为我们仨太稚嫩

为什么那时候，不知道唠叨是母亲的爱语
调皮。不懂珍惜！

5.母亲做的菜

母亲会做几道拿手菜
回锅肉扣肉，成了客人必点的佳肴
海带炖蹄花的香鲜，已是那时的一道名菜
圆葱烂茄子，萦绕着香气，满满的重庆味

客人喜欢。全家人更爱吃母亲做的菜
客人吃的是味道，我们吃着母亲的爱

6.图书馆里的背影

每天下班听到图书馆里洗洗涮涮的声音

一定是母亲在执着地工作

每天上班时看到低头做事的背影

不用问就知道，母亲还在忙活

"刘孃！"好亲切的一声招呼

大家都温暖了，舒松了一天的心情

7.绿度母

她在满是泥土芳香中奔忙

如喜鹊一般在山坡歌唱

白天面朝黄土　闪耀着勤劳的倩影

夜晚挑灯家务　仨幼子成了全部希望

她为全家带来了幸福吉祥

她随军当了工人　换上工装

用朴实勤奋的勇气去拼搏

很快成为受人尊敬的工作榜样

她像那草原上绚丽的邦锦花

用绿度母一样的胸怀尽情绽放

她随父亲转业回到家乡

用敬业创造工作的静好环境

用慈爱与操劳呵护着家的温暖

为子孙们编织远航的翅膀

啊，母亲！我最亏欠

我的儿女还由您抚养

一边劳累　　一边守望

岁月的白发一刻没让您停息

您的奉献牺牲

教会子孙们爱的精神和力量

8.深情的爱

母亲老了，患了多种疾病

她疲惫的身影

闪烁着对儿孙们的依恋

端午的那天，真正成为我们思念的日子
忙碌了好一阵的母亲，站着倒下去了
走得突然，又是那样安详

太阳睁着汪汪泪眼，看不清着雨还是晴着天
已踉踉跄跄十一年，慈祥的母亲笑容依然
我用您教会的诗歌来表达对您的怀念

9.凝重的日子

一个不为团圆不为丰收的日子

别无他求　只有护佑安康的心愿

扦插菖蒲的水缸

装满艾草的香囊

洋溢着希冀未来的期盼

今天　我划着龙舟号漂流

沿着长江黄河源头一路向东

满载春秋的厚重

歌唱屈子的情怀

今天　回忆小时候

踩着斑斓的阳光

提着玲珑的粽包

光着脚丫　迎着笑脸奔跑

像粽米包容的爱

赤裸敞亮的胸脯

无忧无虑地飘在田埂上

今天 凝重了时间

套牢我心中的悲哀

一块揭开就痛的伤疤

随母亲背影永远去了月的后面

默默仰望诗的蓝天

书写忐忑惶然的思念

慢慢复苏破碎的衣衫

今天 艾草的茎叶

宛如扬起的风帆

一艘乘风破浪的小船

正驶向心灵的港湾

妈妈　母亲

妈妈——

这世界上最美妙的声音。

从呱呱坠地的那一刻起，

乳汁里流淌着甘甜滚烫的呼唤。

那是妈妈每天的亲抚和爱语。

从牙牙学语，

喊出的第一个字便是"妈！"

顺畅说出的第一个词还是"妈妈！"

就这样，一直陪着我长大，

就这样，一直有了您的执着与牵挂。

蹒跚学步摔倒了，有您扶一把。

饿了渴了，有您做熟的饭、烧好的茶。

衣服破了有您补，面庞脏了有您擦。

调皮捣蛋有您唠叨，

刮风下雨有您陪伴。

我以一声妈妈为由，

向您不断地要这要那。

妈妈给我再多的爱，

总感到还有很多东西没有表达。

您以一声"妈妈"为荣，

都说是一片孝心足够啦！

妈妈在时，我们很少陪伴扶助。

妈妈走了，我们却感到寂寞孤独。

太阳的光芒再热，

也没有母爱温暖。

湛蓝的天空再深，

也没有母爱深邃。

珠穆朗玛再高，

也没有母爱高大。

长江再长，

也没有母爱长远。

因为母爱，是那样的伟大。

又是一年母亲节，

别家团聚在妈妈身边，

为妈妈送去祝福。

或者给妈妈打个电话唠嗑，

总是有诉说不完的心里话。

我只有失落酸楚的泪水，

一次次强咽在肚里和心中。

您慈祥的面容，

一次次浮现在我面前。

您亲切的话语，

一句句萦绕在我耳边。

苦日子过完了，妈妈老了。

好日子开始了，妈妈走了。

母爱似大海，我心中却如海枯。

母爱似大地，我心里有如石烂。

子欲养而您不在，

一声长叹，为报一世恩情。

愿天堂的您，不再劳累，

轻松愉快，颐养天年。

一部永远写不完的书。

恰是春天的润雨，浇灌着孩儿苗壮成长。

有如夏日的和风，激励着孩儿高飞远航。

好比秋天的枫叶，赞扬孩儿的成熟丰收。

正像冬日的太阳，温暖孩儿的精彩人生。

而今，您的孩子已为人父母。

传承着您的慈爱和胸怀，

坚守着家的责任与温馨，

赓续着母亲的精神与血脉。

母亲的爱，在路上更在心里。

玻璃屋

我这边电闪雷鸣

你那儿是否星辰璀璨

思念不是只为爱情

心灵的对话含蓄深沉

你在彩虹的桥那头如夏雨

我在草原的山尽头似冬雪

白云依恋大地的碧绿

痴迷一道绚丽的风景

相守的空间

看得见却走不出来

只有枯瘦的惦记

穿破透明的玻璃屋

散发沟通的幽香

缠绵的相思美轮美奂

梦中的那一抹红霞

牢牢搂住怎能松开

玫瑰之约

叶的鲜似你肌肤

花的艳如你笑脸

纯洁的　浪漫的　真挚的

都是你的花语

梦中的情人

虽不在身边

却牵出幽深的思念

采来十一朵送给你

一片片玫瑰花瓣

吟唱着爱的奉献

翻开属于你的诗篇

已是熊熊燃烧的火焰

甘愿作诗中的一行字

伸出的双手沾满爱的灰烬

溶入江河　流进大海

徜徉沸腾的海洋　直到永远

致父亲

还记得儿时坐在父亲的双肩？

虽然岁月模糊了我的记忆

但随处飘洒在肩上的欢笑

是家中希望的一片蓝天

还记得夜深人静做作业的煎熬？

殷殷众望融入油灯下的小脸

父亲的爱音犹在耳旁

将理想的翅膀放飞在稚嫩的心间

勤奋、勇敢，朴实、节俭

都是父亲教导我们的格言

爱祖国、爱人民、讲奉献

总叫我们做一个堂堂正正的男子汉

父亲那坚强悠长的背影

记载着他童年时期的种种磨难

世界屋脊成就了他人生精彩

二十多年的军旅生涯更把意志锤炼

执着的行动是最好的榜样

转业从文又是二十多年潜心钻研

一百七十余篇铜梁龙文化著作

将民族精神化入字里行间

几十年辛勤付出　捧金杯　夺大奖

担当非遗项目省市级代表性传承人

成为中国群众文化学会会员

更荣登世界教科文卫组织的专家殿堂

父亲已八十多岁高龄

仍致力于铜梁史志的编纂

不离不弃奉献余热

奋力记录着家乡的巨变

父爱如山　却比高山厚重

父爱似海　却比大海深广

父爱是树　却比大树更加挡风遮雨

父亲啊　永远都是葵花敬仰的骄阳

父亲的海

一串深情的足迹

带着泥土的芳香

从光脚冻疮的苦难中闯出来

一只雄鹰展翅翱翔

从山林中飞向梦想草原

戍边雪域书写从戎诗篇

一条火龙腾云驾雾

从铁水花雨里穿越而来

在龙的海洋寻觅珍珠的灿烂

一直看着父亲的背影

看到了冲锋在前的光环

记得从部队探亲回家

您都要编织一个背篓

这个带有竹香味的新伙伴

每次背着捡拾的干柴

就像背回一筐金子般耀眼

记得刚入学的时候

小字本上鸡脚丫一样的字体

就像我跌跌撞撞刚学会走路

硬是被一双军人的大手扶正了

每写成一个字

比填平家门前那条凹凸小路还舒坦

"理想"是您的饭　"人生"是您的菜

一句叮咛的声音

有时滴水春风

有时瀑布闪电

恰似一顶大伞撑了一片天

如今　大海上

一位划舟的仙翁

依然精彩浪漫

父亲的四季

春的桃红李白在枝条上摇曳

浓妆的火树银花

就像父亲染制的红一块白一块的粗布

一家人穿着崭新的希望

夏的果子胀鼓鼓

麦田一片金黄

一杆杆稻穗像旗子插在田中央

就像我背着父亲做的崭新书包

得意洋洋跑去上学的模样

秋的原野忙忙碌碌

大自然的年轮上结出沉甸甸的果实

我就像这果实里的一粒小籽

拿着父亲表扬的成绩单歌唱

寒冷的冬来了

父亲也回来了

我们一家人

就像雪山上

璀璨绚丽的阳光

悼舅

一阵萧瑟的寒凉

如锋利的刀

划在我们深情的心上

舅舅凌晨仙逝

噩耗成为彻骨的痛

欲哭无泪的伤

一块块稻穗

一片片麦田薯地

镌刻一生勤劳朴实的身影

田野的秋风

陡增忧伤和迷茫

火柴再也燃不了灶膛的光明

清瘦的炊烟

萦绕着囚门不愿离去

灯影下的那把铧犁

孤寂地躲在院墙

荒草淹没了儿时熟悉的小路

从前来往的石拱桥

就像孤独的驼背老人

木讷地举措无向

山坡上挂着的那一轮朏月

依依不舍的眷爱

好像舅舅慈祥的脸庞

仍闪烁着温暖的目光

空气像泪一样湿润

哀思像血一样奔流

深深烧一堆纸钱

默默地祈祷

回眸时光

——致同学四十年团聚

秋叶布满四十年的风霜

掩不住春暖花开的嫩枝

在欢歌笑语的季节里

洋溢跋涉书香的纯真

蓝天中涌着夏的热情

谱写天马行空的样子

最有意气风发　最出状元的时日

写满了理想的三百六十行诗句

如今　都是爷爷奶奶的容颜

都有心意满满的希冀

阖家欢乐是每根白发的初心

青春的激情　仍在涌动涟漪

相聚的那份热烈

宛如绽放的铁树之花

点亮了一河日月星辰

闪烁着夕阳的云彩

老师颂

谁像阳光一般温暖？

谁把雨露洒遍土壤？

谁将幼苗辛勤培养？

是您，老师！

一个神圣又响当当的名字

多少人为您敬仰和歌唱

三尺讲台是您心心念念的地方

甘为蜡烛般无私奉献

默默地将自己燃烧

把一个个懵懂的眼神点亮

教学的足迹深深印在了课堂

成就的事业却传遍四面八方

教书育人是您追求的人生坐标

拿自己的心血拼孩子们的希望

您充满智慧和热爱的目光

正如大海中的航标灯

始终指引着前进的方向

孩子们有了求知未来的理想

您是辛勤耕耘的园丁

精心呵护每棵幼苗茁壮成长

盼望每朵花都能芬芳怒放

您是人类灵魂工程师

一直用思想甘泉把心灵滋养

培育着一代代中国的脊梁

千言万语写成诗篇

无法表达老师的高尚

日月星辰谱成颂歌

唱不完辛劳的青春汗水

用汗水绘成画卷

表不尽坚守的白发和皱纹

敬礼　一支粉笔成就了梦想

因援藏而精彩

——致中核集团援藏的张勇兄弟

那一天，你和高原有个约定

党有号召，你有行动

告别亲人，远离故乡

朝着世界之巅奔去，来到渴望已久的西藏

兴奋，欣喜。虽然有高山反应

心中已经荡起援藏的波涛

那一月，你初来乍到

忙着播撒春天的种子，编织秋收的梦想

那曲最苦，首先去调研羌塘草原地热开发

阿里最远，倾情奔走于骄阳下的光伏项目

昌都最险，徒步考察在悬崖峭壁上的能源

西藏的阳光，热烈地将你脸上的死皮一层层剥去

西藏的风雪，真情地将你嘴角的口子一次次撕裂

你说。能代表集团来支援西藏

是骄傲，是自豪。更是责任与担当

苦在身上当磨炼，甜在心中作希望

那一年，你已将援藏当作一首诗

足迹踏遍雪域大地，书写出一首首华丽篇章

地热深井已喷出180度的旋律

光伏电站伴奏着能源建设的合唱

产业开发架起农牧民就业增收致富的翅膀

扶贫产品已进入集团职工的殿堂

援藏五年虽遇困难，但仍执着和坚强

有汗水和心血的倾注，也多了收获与欢笑

你讲。一次援藏行，终生西藏情

黝黑淳朴的笑脸，始终挂着建藏兴藏的精彩模样

旅游的情怀

——致信众旅行的王毅兄弟

你醉心千水之源，万山之巅

毅然奔赴神秘的雪域高原

在离家远却离天近的日光城安营扎寨

展现"此身安处是吾乡"的豪迈情怀

蓝天　白云　雪山　草原

湖泊　江河　森林　村庄

——装进梦想的背包

足迹铿锵。踏遍每个角落

你带领团队艰苦创业不停奔忙

有一种深情的表白叫坚守

有一种弘扬的精神叫奉献

有一种无尽的忙碌叫大爱

有一种不停地追求叫梦想

你执着追随时光的足迹

尽情倾听天地静美的耳语

路遇皆风景，与琅琅天籁一往情深

牦牛的精彩人生

——赠孟繁华画家

时光是凝固的，也是多彩的。

你为牦牛而生，为牦牛而画。

牦牛成为你生命的伴侣，

在风里在光里，都是梦境。

可可西里的风雪中，你昂然行走，

为奔跑的雄姿，深深着迷。

在雄浑的荒原上，

只顾着激动追梦的心。

怎能随意闯入野牦牛的领地，

如你水墨泼洒的牦牛那么任性？

突然的遭遇，怒目圆睁的魂，

尽显彪悍霸气的野性美。

就在人魂对视的那一刻，

迸发了你无穷的求生潜力。

示弱，转身，假装无视。

你对它一生的爱恋，

才是野性转身的理由。

也就在你求生的那一刻，

人与"魂"的心灵进行着交流，

恍惚寻到梦想的家园。

心中豁然开朗，打开了一扇窗。

汹涌的野性，从大写意中激荡而出。

眼里奔涌着一个个"高原之舟"的生动音符。

一个与野牦牛遭遇的故事，

一个惊心动魄的华丽转身，

成为你人生的蝶变瞬间。

你在水墨写意中，

将一头头野牦牛从宣纸里牵出，

就像你挽着恋人的手款款而来。

诗歌随想

一段历史文化的传承

诗中装着古今瑰宝

寥寥几句　道尽人间沧桑

一个激情昂扬的精灵

欢歌美丽的人生　锦绣的风光

抒发动人的篇章

响起智慧凝固的旋律

诗中自有黄金屋

那里有打开心灵殿堂的金钥匙

歌中自有言如玉

那里有血脉偾张的新宝藏

春天来了

享受心泉润泽万物

就像嫩苗吸着它的营养生长

用诗歌做成勤劳的翅膀

跟随鸟儿一起飞向远方

任它自由飞翔又歌唱

咏平潭

云遮雾绕

少了阳光的味道

海峡在身边

始终连着妈祖的脐带

离阿里山最近的是平潭

三坊七巷隐藏的故事很鲜活

这里的山水哺育了一代又一代

砖红土壤的温暖　吹拂着

君山插云峰的呼唤

东来岚气升腾

已规划好高铁驶过海面

游子终究要归家

和谐号承载着华夏血脉

数字技能大赛

一群创造历史的闯将

纷纷云集榕城

繁星化为生动的数字在天空闪耀

一道道指令就是冲锋号角

默默地专注于匠心与激情

三架无人机宛若上天宫入深海

魔幻般飞天　谜一样地下潜

前进　拔升　俯冲　悬停

一滴滴晶莹之水

稳稳地倒进壶中

三个操控员稳准快的身手

犹如攻城拔寨的先锋

工程设计师的电脑屏上

三维空间的立体建筑绚丽多彩

一边说笑中互动

一张蓝图里共享

一波又一波地冲击感官

童话般的图像穿越时空

憧憬着美好未来

焊接的比武台上

噼里啪啦的蓝光闪烁

倾诉着一点一滴的精湛

完美的结合

展示了卓越的绝活手艺

机器人锻造的精美产品

分明是一个个鲜活的生命

一轮滚烫的红日

正从赛场上升起

蓬勃的时代潮头上

一面面竞技的旗帜迎风飘扬

战鼓响起来了

一浪高过一浪　由远而近

寓言故事的杂思

1.

因为爱慕虚荣

乌鸦吃不上到嘴的肉

也怨不了狐狸的狡猾聪明

赞美。源自智慧

2.

跳蚤总是嫉妒公牛被人爱抚

自己却逃不过被掐死的命运

它不知道，自己是个吸血鬼

3.

可怜农夫暖了冻僵之蛇

至死不晓得。无知惹了祸

善恶不分，是非不明。

要用生命作代价

蛇的本性就是张口咬人

4.

飞蛾扑火是自取灭亡

但它对光是真爱

你想长一双翅膀

甘愿做那只飞蛾

爱上了，不计后果

5.

乌龟爬得再慢

不言弃。执着

终会取得胜利

兔子跑得再快。轻敌

也没能到达获胜的终点

因为过程和结果同样重要

收获快乐

快乐藏在每个细节里，

如你随行的身影，

无论苦乐都像含露的鲜花。

那是超凡的境界，

一种脱俗的心态。

梦里送你飞吻吧，

脸颊泛起黄昏的红霞。

你回眸那一笑，

宛若和风与骄阳。

泛舟学习吧，

追梦静谧的书香。

知识充电像海绵吸水，

获得进步的新鲜感。

看场电影吧，

剧情精彩感人，

如风起云涌的蓝天。

唱支轻歌吧，

用最佳的放松方式。

似敦煌壁画的飞天，

伴随着甜蜜的乐音。

一起做顿饭吧，

将烹饪放进时间的杯里。

油然而生的踏实与惬意，

等待从生到熟的乐趣。

拥抱大自然吧。

迎接雪山的洗礼，

邂逅草原的魅力。

夕阳照耀的拉萨河畔，

流动着靓丽风景。

思念的电波哟，

快快穿透时空。

亲人的问候，

如同雪域的太阳。

一草一木都关情，

安放泛黄的心灵。

镜子

我站在镜子里，

竟然不认识自己。

什么时候白发已爬满头？

什么时候皱纹已长满脸？

曾记得，我还很年轻。

诗里闪烁着沸腾。

镜子为我开了一道后门，

让我的青春悄悄地溜走。

注定要从骨子里涌出，

宣誓诗一般的精气神。

诗的语言

那一天，你质朴纯真美丽。

涓涓细流般的诗句，

从积淀三十年的泉眼中喷出，

再也不曾熄灭。

那一次，你说诗要藏在屏的背后，

岂能一眼望穿自我表白。

似懂非懂的陷阱，

我负重登山，

才明白接地气的天梯。

那一夜，我苦苦思索。

不要认为拥有的东西，

不晓得珍惜。

深藏的爱，

为着一句入魂，两句塑骨。

酝酿的人生之诗，

有了精神立柱子。

那一刻，点燃如隔三秋的烟花。

如天马行空般的熊熊圣火，

似艳阳普照下的巍巍雪山。

我还是自然的清新。

恐龙

曾经拥有称雄世界的霸气，

占据地球作为领地。

是因进化太快，也就消亡越快？

还是地球爆炸，

毁灭了巨大无比的身躯？

历史，大自然，以想象不到的方式，

将血肉之躯铸成一尊化石。

本该一冲飞天，

开始星球之旅。

只因溺爱之深沉，

甘愿成一具标本，

坚守博物馆一方小小天地。

人们仔细品读，探研。

几千万年前恐龙的故事，

仿佛是一道谜题。

在梦幻般的猜想中，

众说纷纭的答案。

既是遗憾，也是美好。

甲骨文

从龟壳的残片上，
传出一只不死鸟的歌声。
那是五千年童音盛开的花朵。

祖先的觉醒，
将龟甲兽骨雕刻成书的艺术。
占卜记事的细瘦刀痕，
担起记录史实的重任。

发生什么，就刻录什么。
从远古洪荒之地，
一直浸润到华夏文明的血脉里，
成为中国文化生命的根。

你我身体里，
同样捧着能穿透历史的火种。

生活的定义

1.

立体的丰富的大千世界，

犹如残酷的现实的景观。

看到的或没看到的，

知道的或不知道的，

都在生活中发生。

生活着，这是任何生命的自觉。

新生命的勃发，

推动青藏高原每年长高一厘米，

揭示天地运动的活规律。

它怀中的生物体，

装满生与活的统一。

2.

悲剧上演。

有的人寻死求解脱，

难道他顶的那片天塌了，

苦水溢坝，冲垮他的防线？

要相信黑夜背后的黎明。

死，自然的诅咒

世界的真谛在呐喊，

摔倒了重新站起来。

欣赏外面的精彩，

酸甜苦辣像每天的一道菜。

有滋有味的生活，

也要长剑歌舞，铲平坡坡坎坎。

把怒吼发出来是本能，

把愤怒压下去是本事，

从不幸中王者归来。

感受新鲜的每一天，

才是轻松的话题。

3.

一缕阳光照在心上。

每天日出而作，日落而息，

在光阴中奔波。

精神，思想，

内心迸发的爱，

如太阳给地球的温暖。

只有被生活碾压过的人，

才更会懂活着的意义和阳光的珍贵。

只有活着

后面才有不断的美好等着你。

你的哭闹，你的欢笑，

都是生活的定义。

不然，你又能干什么呢？

还得往前走下去。

过好每一天，打拼每一年。

4.

一首首奋进的歌，

雪域高原嚼得活色生香。

无论林卡里的笑语，

还是帐篷里香醇的酥油茶。

无论是朗玛厅的旋律，

还是农庄里温馨的味道。

都是慢生活的舒适，

幸福感的洋溢。

这里有日夜坚守的大好河山，

这里有天天奉献一线的汗水，

这里有万家灯火团聚的温暖，

这里有父母妻儿翘首企盼的思念。

一个个暖心的画面，

绘就了斑斓的山河。

5.

脚下踏着一座富矿。

每个角落的宝藏，

如万花筒般的缤纷。

时间埋进土里，

长出一行行诗句。

工厂里机器的轰鸣，

伴随着工人们嘹亮的号子。

学校把知识装进身体的海洋，

开启每一个未知的向往。

不然，三百六十行，

怎能行行出状元？

伊甸园的梦里，

怎能奏出优美的交响？

6.

一幅生机盎然的画。

无论走向雪山、森林，

还是湖泊、江河、草原，

路遇皆风景。

那里有珍稀鸟儿低吟浅唱，

有飞禽走兽的咆哮嘶吼，

还有漫山遍野的姹紫嫣红。

追梦天空的奇思妙想。

人们总是想慢点再慢点，

将天地静美一股脑装入行囊。

7.

天上的高原，

或拥有草原星辉，

或踏浪一城璀璨，

或聆听雪域心跳，

或激荡五彩时光，

股掌间都是梦想。

两只手

两只手托起的世界

看得见政府调控的手段

看不见市场风向的魅力

精神的物质的

都是美好的向往

我们的两只手

需要歌颂

歌唱奋勇前进的大道

需要批判

鞭笞逆流倒退的暗礁

幸福是干出来的

用勇气添砖

用智慧加瓦

去宽容　去护航

经济的行为

决定人的行动

用两只手描绘历史的明天

自己强大比什么都好

大旱

持续的高温晴空

将大地染成赤色

一场重病　在高烧

炙烤的热浪　逼熟蔫蔫的稻穗

稻田倒伏开裂

犹如老人脸上饱经风霜的皱纹

张开的大嘴　渴望甘露的滋润

地里的花生薯藤已然枯竭

柑橙卷曲的黄叶奄奄一息

树荫下的狗儿

吐着苦涩的长舌头

无奈地张望着四周

青龙奔腾的长江

金色飘带般的嘉陵江

掀开了朝天门下的千年龟石

重现历史的容颜

水能机没有激流冲击

无精打采地睡去

工厂限电限产　一片沉寂

地下暗河不知去向

饮用水源频频告急

山火此起彼伏

蝗虫趁机作妖

苍天钟爱惊心动魄

地球规律源于道法自然

大旱之后必有大雨

滂沱的洗礼即将来临

团结就是力量

团结就是力量

众人划桨行大船

大海航行奔远方

齐心协力

乘风破浪

团结就是力量

一根筷子易折断

十个手指握成拳

如锋利的刀

似胜利的枪

团结就是力量

人心齐　泰山移

好比蚂蚁筑巢抱成团

再宽的江河

风浪无阻都坦荡

团结就是力量

各民族一家亲

共同繁荣发展

花园里百花绽放

一起浇灌　共享芬香

几千年的历史风雨

诠释了鱼不能离水　雁不能离群

伟大的团结源自同心

伟大的力量来自合力

《团结就是力量》的歌声

在心中　在行动

宛如雪域高原的空气和阳光

诗的蒙太奇

一帧帧精彩的瞬间

灵感来自遐想

腾跳的那一刻

定格成飞天的功夫

轻轻落笔时有了你的呐喊

一个片段是故事的延续

拾起一块石子　搬出一块砖来

排在一起　或弯或直

那就是一条浪漫的小路

一段曲折的诗句

一个动人的马赛克

让你留下不灭的记忆

捉摸不透的联想

梦幻飘逸的意境

剪辑的变幻莫测

朦胧地反复揣摩

意犹未尽滑落的韵味

一字一句一段似珠玑

串起完美的诗篇

小院小巷

小院躲开城市的喧嚣

过着舒适富足的日子

那花　那树　主人像待孩子一样

每天都在梳妆打扮

初长成的满园春色

墙再高　也遮不住枝繁叶茂

院再深　也关不住萌动的春心

小巷像月下的老人

悄悄为两边院子牵线搭桥

彤红的花如情窦初开的姑娘

含羞地窃窃私语

高大翠绿的树

互相握手互相拥抱

尽情倾诉着自由和希望

只有两边的墙

最明白他们的心思

像保镖一样护卫两旁

默默地祝福　会心地浅笑

留下一片蓝天

一个脚印记录着人生的瞬间

一个镜头刻录下时光的足迹

跌跌撞撞地感悟

即将消逝的美与丑钻进了骨髓

总是追求未曾实现的目标

匆匆过客的满足和快乐

记忆如秋风落叶

雪域高原处处皆风景

唯独精神与信仰的力量

成为底片上不灭的灵魂

历久弥新的坚持

穿透历史留在脑海里

从早到晚地守候

我们的存在与灭失

对镜头没有丝毫影响

当仰望星空的时候

一半霞光的红

一半雪峰的白

定格人生的意义

试看尘世洪流沉浮

这片高天厚土的诱惑

忘记功名利禄烦恼

忘记柴米油盐困扰

阳光给了活力

空气给了信心

草原给了净化

雪山给了虔诚

森林给了宁静

徒步漫无边际的湖畔河边

摄取广阔天地的花草云烟

留下一片蓝天

收藏一个世界

天空中的祥云

不知疲倦地掩映着富足

有一天　摇椅上

老翁膝下一群后生

一边听着　一边翻看

所有的美好历历在目

诗者的殿堂

——致诗歌中国九周年庆

有一种向往叫天空

太阳始终光芒万丈

指引前赴后继者追寻希望

驰骋的温暖让天空更深更蓝

日月星辰在白莲花般的云间穿行

夜风传来一阵阵精灵的歌唱

有一种坚持叫抵达

挚爱的长情融入时光

时间成为生命的红娘

和雄鹰一起翱翔

同生命绽放

大鹏鸟高飞的地方

一定是璀璨的天堂

淬炼　只为插上腾飞的翅膀

耕耘　只为收获强大的力量

九年的磨砺已飞越升华

浩瀚诗国已将心安放

思或行的姿态

宛如"飞天"一样悠扬

网

松树稳坐山林

就像当年姜太公钓鱼

涂满迷醉人的松果

甘愿作张网以待诱饵

那张网就像拉响的警报

时刻提醒人们

不要盲目浮躁

莽撞是生命的陷阱

生活就像一张网

道路有荆棘

想清楚准备好

爱拼才会赢

沙滩之恋

银黄色的沙滩上

装满了一对对情人

浪漫地挽着手漫步

沿着刚好触及的海浪线

一边倾诉爱的故事

一边享受海的洗礼

大海似一张床

每粒砂都是精心打磨的金银珠子

那卷起的一层又一层浪花

宛如一首优美的摇篮曲

轻轻拍打着沙滩慢慢睡去

清早红彤彤的太阳

从海的深处冉冉升起

多么像大海刚刚分娩的宠儿

细细的软软的金沙银沙

留下一串串欢天喜地的足迹

正是恋人与大海合奏的缠绵琴音

蚂蚁与小草

绣花针似的铁臂

扛起比自己重几倍

乃至几十倍的重担

世界搬运冠军的称号

成就顶天立地的品质

蚂蚁的团队精神

凝聚漂洋过海的本领

锲而不舍的气势

具有吞噬参天大树的力量

小草的倔犟性格

无论在哪里都能安家

严寒酷暑　风吹雨打　都是它的生活

即使千钧重担压弯了腰

也能重新挺直身躯绽放芳华

叶子黄了　只为轮回

根的触须深深扎进土壤

期盼来年更好地跟白云重逢

托起天地间一年四季的生机

蚂蚁和小草的精气神

书写了坚强自信的快乐人生

在最幽微的心底

时时燃烧不屈的信仰

水滴对石头说

晶莹剔透的水滴

温柔懦弱　百般顺从

深厚的胸怀包容一切生命

母亲般慈爱的水滴

默默无语　像掉线的珍珠

不停地向崖下坠落

冰冷的石头躲在崖下

偷偷接着水滴洗拭黝黑的皮肤

有一天石头按捺不住问：

"不知疲倦的水滴

你打湿了我的全身

还能穿透我的胸膛吗？

我甘愿为你殉情"

水滴一字一句道：

"我要用温柔感动你的冥顽不化

用时间的光芒刺穿你的胸腔

用执着坚韧的丝线

把你串到我的珠珍链上"

终于有一天

绵柔水滴唤醒洪荒力量

水滴石穿　一个美丽的故事

成就了信仰的梦想

绽放

不经意的小路边相遇

第一缕破晓阳光

催醒万物

在雪山草原上重逢

犹如夜空中第一颗闪耀的亮星

诞生十月怀胎的生命

在依栏静候中邂逅

百花园里笑脸迎人的牡丹

还有金秋十月的一朵黄菊

心中最璀璨的那一本书

弥散着窖藏已久的芳香

照亮了前行的路

一个最热恋的身影

袒胸盛开　甜蜜拂面

用最美的青春托起惬意风景

快乐人生

每条河流宛如每一个人

无论大江波涛汹涌

还是小溪潺潺流水

终将殊途同归　与大海共荣

一趟飞机就像一次人生

没上的一个劲希望上来

上场了又不断想离开

都是一个闭环的旅途

启程了就没有回头路

无论价值与灵魂

无论感受和意义

生的起点与死的终点

内容和过程虽不一样

时间都是一样的

简单的生活　高兴就行
勤奋地工作　幸福就好
只管风雨兼程
都是快乐人生

大海小舟

一起一伏

船桨划开湛蓝的海面

一道道优美的曲线

倾诉大海的平静与包容

随着起伏的律动

船夫像抓住了什么

生活里的闲情与辛苦

都凝在那一柄桨中

突然的惊涛

涌着小舟冲向浪尖

如一朵盛开的莲花

长在天空

海谷里的船儿

远离喧嚣

仿佛钻进龙宫

打捞深埋的宝藏

船翁的勇气与沉着

畅享着满载的欢歌

黑夜的眼睛

黑夜的眼睛

读懂了孤独

一丝涌出的念想

串在糖葫芦上

尤如孩童

捧着一个红彤彤的希望

无数个黑夜运筹帷幄

孕育着无数精妙诞生

梦中满天闪耀的繁星

原是晶莹剔透的雪花

与家乡的江水牵手

倾注绵绵不断的光明

张家界

一座座拔地而起的峭壁矗立着神秘

看不透这连绵的参天巨树

一根根擎天巨柱张扬着神奇

读不懂这茂密的山林

似峰　似山　似林

大自然的杰作 鬼斧神工

是书　是画　是诗

水墨泼洒的歌　感天动地

阳光与云雾打着招呼

空气与叶子飘着纱裙

飞禽走兽和着群山的节奏

只有树梢享受着妙趣横生的仙境

迷恋的游人将积压已久的情话

编织成一个个美丽的故事

从石缝中　从云雾间

一点点　一滴滴

传递给每一片树叶

仡佬傩戏

满怀祈福纳祥的美好愿景

戴着"人类文明的活化石"桂冠

翩翩而来

远古征服大自然的气魄

繁衍仡佬族浪漫的心性

一刀一式的精工雕刻

展示彪悍与威武

堂屋里　舞台上

红黑面具变换着戏的性格

锣鼓喧天更新了曲的人生

上刀梯　过刀桥

祈福孩子健康成长

原始淳朴的生活

演义成不朽的艺术

竹的图腾刻写在心里源远流长

竹的民族张扬在脸上喜气洋洋

饮油茶　喝米酒　吃蓑衣饭

葫芦笙汇聚了三幺台

一首首山歌传递着山里的欣喜

一阵阵笑语充满了院中的温馨

茶卡湖

一汪静悄悄的水

一面明亮的大镜子

每个细胞都用盐卤着

水是卤过的咸

大大小小的路是盐土

千奇百怪的石头是盐石

房子也是盐块做的

连湖风都是盐味

仿佛肉体里也长出了盐骨

天空坠落湖里

变成一幅幅盐的美景

天上的祥云是土和肥

星星是一粒粒种子

它们纷纷洒进湖里

产出一片白花花的田园

长出白亮亮的雪山

咸是味蕾上长出的花

白是眼睛里映射的魂

湖如镜

白云与卤盐浑然比着美

踩着松软的盐沙

宛若穿行在云端里

冰清玉洁的茶卡湖

好像一颗硕大的碧玉

诱惑着人们沉醉的心思

蓝天之下

看不透那幽蓝深邃的眼

望不尽那高不见底的影

头顶无边无际的胸怀

天地沟通的雪峰

日积月累地仰望着

期盼懒散的白云洒点雨露下来

清晨的草尖上　　露珠

还带着天上的蓝光

让小草舒展娇羞的身姿

人们嗅着它体味的样子

寂静　　只有蓝天默默地看着

呐喊　　只有牛羊默默地听着

牧羊女的歌声

从天边悠扬地传来

蓝色的身影越来越近

漫步碧绿的草原上

恍惚遨游在大海里

走进牧人的帐篷

宛若天宫

湛蓝的天空

恰似心中的大海

牧人的家

便是远航的船

白发不饶人

岁月发了霉

白绒绒的日子

从细胞膜内窜出来

让烦恼忘记光阴

剪不断的人生

理还乱的发丝

时光在风雨中

纷纷扬扬飘下

丝丝白发诉说春光的过往

曾经耀眼　拥有的年少青春

不知不觉地溜走

只留着翻犁过的一方田地

无奈轻风卷起碎发

如天空飞渡的白云

稀疏的星星拉着黑色衣襟

剪子总是那么无情

蜗牛

柔弱的肉体

有一束希望之光

照亮追求彼岸的梦想

温暖的家住着坚硬的身躯

一点一点地前行

用逢山开路的勇气

用遇水搭桥的毅力

只要不是停滞不前

只要执着坚持

越努力越幸福

两支透亮的触觉高高昂起

指引着每天负重的路

心无旁骛地默默耕耘

属于自己的快乐天地

充满大爱的每一小步

吟诵着勇敢无畏的精神

九重圆门

淅淅沥沥的雨滴

是你剪不断理还乱的泪线

飘飘悠悠的花瓣

是你伤心离别的心语

五彩斑斓的绿叶鲜花

爬上每一道心墙

每一张叶蕊都挂满你的倩影

我怎能忍心惊扰那九重圆门

岁月拾光

一片蓝天

四季之歌

1.春

西藏的春天

率先从林芝绽放

漫山桃花跟随海拔的脚步次第盛开

油菜花的音符欢快跳动在山间的画卷上

杜鹃花的鲜艳　闪亮花团锦簇的天空

妩媚的春　唤醒沉睡的雪山河湖草原

一路风景拂面　一路收获惊奇

把春光埋进植树绿化的土里

播下雪域高原希望的种子

一锹土　呵护树苗的未来

一桶水　浇灌参天的梦想

栽下一片新绿

造福一方美丽

将勤劳作词

汗水谱曲

春天来歌唱

荒山变葱绿

田间更丰盈

草原更绚丽

仰望星空　星空越灿烂

走近青山　青山成林海

春天流下的每一滴汗

都将丰满万紫千红的画卷

2.夏

蜗居在高楼的茧壳里

盯着阳光爬满屋子

隔着玻璃

享受外面的精彩

收获火热般的人声鼎沸

家乡的夏天

就像一锅麻辣烫

欢快的猜拳喊出炽热的乐章

三十多度的焙烤

万千思绪泼洒的桌面

让火热的夏季

长出诗语的触须

一直在想怎么保存夏天

是自然投入夏的清晨？

还是将凉爽装进兜中？

或者把高温冷藏在空调里？

我相信　生活因夏而精彩

经过夏日的熔炼

定会成为茁壮的果实

4.秋

丰收的季节

荡漾在装满果实的天空

稻穗麦粒饱满的笑颜

枫叶传来的片片红雁

丹顶鹤南飞的呼唤

风中带来的乍寒

都装点着画中秋色

收藏一年的喜怒哀乐

看大自然的层林尽染

雪山的银色

草原的金黄

一张极富色彩的5D动感画面

汗水养育的果实

在冬天里更能想起秋的温暖

一段水墨泼洒的现实与梦幻的交响

徐徐拉开壮美山河的豪迈序言

4.冬

高原的冬是赶考的秀节

万物都得经过它的检验

生命　意志　精神　奉献　美丑

都是出题的范畴

湖泊河流铺上厚厚的冰盖

仿佛奔驰在平坦的大草原

严寒创作了惊心动魄的故事

你见过八仙桌般的井口

放不下碗口大的水桶吗？

冰慢慢封住提水的门

手与铁门牢牢粘在一起的感觉

宛若冰与火的联欢

头重脚轻飘飘欲仙

是部分朋友

刚到高原时的正常"高反"

缺氧造成那一抹高原红

是你最美最深的痕迹

也是你心中深深记忆　深深的痛

经历过冰天雪地高寒缺氧的寒冬

更懂得万紫千红莺歌燕舞的暖春

离天最近的冬

孕育着世界屋脊的雪山冰川

丰富了歌舞海洋的伟岸

骄阳下的锅庄温暖着雪域多彩的生活

春季农时歌

1.立春

大地拍醒酣睡的冬

推开门窗

迎接万物的复苏

和煦的阳光牵着春风赶来

淙淙清水缓缓注入青嫩的麦田

孵熟的青肥轻轻盖在苗儿身上

人们吃着春饼

嚼着萝卜

咬春走来

开始构思一年的美

2.雨水

这是一个节气

从天外来的客人

别说有多缠绵

雨打芭蕉开始

孕育着万物的生命

这是一次重逢

一个活泼可爱的孩子

伴随鲜花盛开

无论品茗

还是写诗作画

都是少不了的浪漫

雨水　任何时候都会有

唯独　此刻多了一分乡愁

3.惊蛰

门上贴着的雷神

是风调雨顺　五谷丰登的祈愿

沉沉闷闷的一声擂天鼓

惊醒了蛰伏泥土中的虫儿

九九艳阳天的花信风

桃红梨白的欢笑

棣棠蔷薇的萌动

黄鹂声声地鸣唱

燕子归来的依恋

宛如美人颊上一抹温柔的红

春耕挖开了大地的胸怀

玉米粒欢快地跳入土里

播满谷芽的天空

飘扬着万紫千红

4.春分

岁月的光芒

如一把锋利的刀

将白天夜晚分成两半

宣告了一个新的春天

蓝天下肆意奔跑的身影

放飞一只冲天的风筝

一次次竟相着更高更远

叽叽喳喳的燕子　忙着家的安放

春雷的欢歌　伴随着电闪的鼓声

只有默默耕耘的春牛

不知疲倦地奔忙

人间最好的时光给了夜晚

明媚的春天被它悄悄收藏

草长莺飞　繁花似锦的蓬勃盛景

始终在梦中萦绕回放

好像我喝醉了　水淋淋的

桃花在最深处酝酿的一盅美酒

变幻成一壶曼妙的诗行

一首青春之歌里

有绽放生命的力量

一幅春韵图

绘出春秋与龙的乐章

5.清明

泪洒地崇敬

在朗朗天空飘着香灰的细雨

心比铅铸还沉重

饮水思源的恭敬和虔诚

从面前划过一道流星

那是一束闪烁祖先的伟绩

大地扦插的柳枝

在春风中摇曳

悠长的思念

点燃一沓沓纸钱

阳光藏在雨滴中

哀伤融进泪珠里

鲜花带上过往的梦境

伫立着的身躯

春和景明的天

成为追忆的痛

6.谷雨

这个时候

最需要雨水的滋养

初插的秧苗　渴望

新种的作物　期盼

谷雨从天牛开仓撒粮开始

神话里传颂万物生长的韵律

布谷鸟梳理自己的羽毛

吹响农忙的哨声

香椿芽的醇爽

引来水中的浮萍

红亮的樱桃

催熟牡丹的富贵

绵绵烟雨的舞台上

传来日月星辰高亢的美声

拉开天与地心连心的大合唱

夏季农时歌

1.立夏

披着春的花衣

推开夏的大门

农作物更加茂盛

瓜果飘香　万紫千红的海洋

驶来一艘火热的巨轮

我的身体被染了色

花朵闪着熠熠生辉的微笑

更多了绿色之果的美颜

可以窥视丰盈的魂

从现在开始

要学会泅渡

从巨轮纵身跳进海里

清醒清醒汗流的神经

成长的过程

都将化作更高处的风景

2.小满

大自然的摇曳

带来夏日的繁荣华景

把西瓜切成月牙

迎来满屋的热情

欣喜麦穗灌浆饱满

如孕妇陶醉的幸福

唱着欢歌孕育成熟

绿色的果子已渐渐变红

汗水与雨滴

使江河渐满

小满　即是满足

3.芒种

热浪将麦田烘烤得枯黄

丰收的麦粒只想阳光为她洗澡

将自己洗得像雨滴一样晶莹

等待把她梳妆成粉面蒸馍

或者留下来年的种子

在仲夏的热恋中

地里春种的庄稼飘洒管护的汗水

田中闪烁移栽水稻的背影

磅礴的雨偏偏要和麦收捣乱

把日子搅成一年最忙的时节

4.夏至

第一支稻穗

如一面旗帜

宣示夏天来临

看见它的那一瞬

仿佛看到了久别的恋人

一串风铃的惊喜　摇摇晃晃

站在泛着绿波的稻田里

日长梦少的情意

桃李熟透垂腰的枝头

青藤吊着成遍的瓜果

红花绿叶爬满了墙院

生机盎然的殿堂

拉响了成熟的音符

5.小暑

挟持海洋暖湿气流的滚烫

带着雷暴脾气

风起云涌而来

要么粗暴地吮干大地的水分

让阳光的火焰烤裂饥渴的土地

要么疯狂地倾注磅礴的泪雨

将生长的万物一次次地蹂躏

谷穗在水深火热中斗智斗勇

精心地呵护着籽儿更加丰满

高温湿热的浪涛

青蛙知了没完没了地

奏出炎夏的弦乐

汗流浃背的一个个身影

都是烈日骤雨中的插曲

6.大暑

滚热的金光将天空煮沸

犹如孙悟空钻进了炼丹炉

涌动一浪高似一浪的热情

将人们烤成一个个火眼金睛

三伏天的河流如温泉

多想铁扇公主的芭蕉扇

把河水变成一杯可口的凉茶

将烈焰装进冰箱里冷藏

酷热灼烧大地肌肤

热浪卷走山川汗水

三伏天长出的獠牙

狰狞地啃食"冷凉"的意义

萤火虫长萦在夜里

守护稻谷金灿灿的微笑

一排排牵牛花吹着小喇叭

迎接一年中最热烈的合唱

秋季农时歌

1.立秋

大地发着高烧

将禾谷染成金色的天空

呱呱蛙声　吱吱蝉鸣

声嘶力竭地为果实歌唱

挂满沉甸甸喜悦的谷粒

裂开金灿灿嘴巴的玉米

笑呵呵喂进等待的粮仓

绽放金黄和雪白笑脸的菊花

跟我一起睁大了圆圆的眼睛

翘望萧瑟秋风的光临

让它掳走狂热的莽汉

留下一个收获的季节

2.处暑

秋老虎在空中作威肆虐

意犹未尽的纠缠　黄昏

烦躁已染成红彤彤的火烧云

涂满我心中的釉彩

闷热是蝉不舍的依恋

高昂地鸣叫即将消失的音符

吟唱一曲生命的挽歌

留下写满诗句的空壳

雷电打击疯狂的激情

暴雨注满高涨的河流

一道彩虹搭起海市蜃楼

吹拂的凉风浸透心灵

处暑的双手

慢慢关闭炙热的针芒

徐徐打开清爽的新凉

悄悄把一片树叶发酵染色

一片或黄或红的风景

飘落中划出一道亮光

3.白露

一柄清凉的剑锋

轻轻划过酷夏的水面

飞溅的狂热装进凉爽的天空

不承想晨曦中闪耀的露水

已染成芦苇叶上的白霜

田园里正忙碌的身影

收割着每滴汗珠

都是金灿灿的宝藏

丰收的粮仓

如秋姑娘的婚房

盛满了崭新的希望

4.秋分

农时　在先人手里

排成二十四个座次

今天 十六妹将暖暖的阳光

直射地平线上

将白天的艳　夜晚的美

奉献给大地

一个平分秋色的日子

幸福温馨已经来临

萧瑟的树叶在风中

金闪闪地飘落

南飞的雁阵　在星辰间

炫彩般地穿巡

睡莲枕着水中的弯月

聆听故乡那首不朽的歌谣

仰望苍穹的日月星辰

希望爬上云彩飞向诗的远方

秋姑娘像久别重逢的恋人

用深沉的静美

掳走灵性的魂

沉醉不愿醒来

朝霞映射在一粒粒露珠上

层林尽染的山川穿上彩衣

那千年黑桃林下的乡亲

悠闲地捡拾着秋的果子

提起秋的七彩画笔

构思一部诗与画的大写意

5.寒露

羞得红彤彤的枫叶

爬满山巅　沸腾着我的血液

层林尽染的画布

装不下深秋的情意

天空躲进五光十色的油画里

金黄的山坡也陷入河中

踏寻与天地一色的小河

悄悄将河里的秋景钓起

鱼儿在陷阱中欢跳

惊醒一河的笑语

深秋的花香

宛如一针兴奋剂

黄的绿的白的紫的菊

每一朵都打开人们的心脾

每一朵泡入酒中茶中

都是和颜悦色的知己

6.霜降

踏着清脆的霜凝

爬山　登高　远眺

神清气爽地摇手

慢慢送走秋云

脆甜的苹果

已经过霜降的淬炼

满树熟透的柿子

写满红红火火的希冀

晚秋在红叶上欢歌

我在字里行间中固篱修菊

麦地里响起风霜的旋律

即将幸福跳动在每个音符

我知道　骤然的霜雪

会灭百虫治百病

也能萌动你的春心

约好的爱情　秋色　霜露　伊人

注定一生一世的永恒

冬季农时歌

1.立冬

你带着一丝哀怨莽撞地来了

在天地间拉开雪雾的大幕

把秋的火热挡在我们面前

留下一个冷热混沌的视界

你将北方封冻起来

枫叶纷纷飘落

白桦林光溜溜地在风中摇晃

大雁哪去了？

燕子哪去了？

只有人头攒动

寂静的山野 悄然变色

仿佛都进入了冬眠

你偏爱江南

小麦绽开笑靥

恭候着暴雪

将地里的蛰虫冰殓

瞧 一棵棵油菜苗

不停地搬家

覆盖绿油油的地盘

你将银白打造成西藏的标签

攀峰探雪山

观湖览冰天

穿林享绿海

奔向世界屋脊的茫茫大草原

初升的太阳划破天际那一刻

让第一缕阳光触碰惺忪的睡眼

每处的惊喜都是追梦的乐园

2.小雪

北风卷起寒流

从天庭飘下

翩翩起舞的小雪花

落在脸颊如初恋的吻

太阳鸟头上那撮绒绒的白

是初雪做成的吗

跳动着的天真

我吟诗一首赠给你

还带着一点寒

蜡梅在你的怀中

慢慢长出香蕾

牵手柳枝的摇曳

扦插进翻耕的泥土

淙淙溪水灌满麦田

款款地走向浪漫

天空没有寂寞

数不清的星辰

不停地眨眼示意

阵阵寒风吹进棉袖

想带你去向何方

大地孕育的爱

始终深沉不语

3.大雪

铺天盖地的雪

将大地披上厚厚的棉被

北方封河了

已然"千里冰封，万里雪飘"

南方起雾了

迷人的朦胧　漫天的飞舞

把溜冰滑雪当作你的欢

将堆雪人打雪仗作为你的乐

我在排山倒海的浓雾中

捉迷藏　呼唤我的童年

在风雪交加的夜里

我们共圆温暖的梦伴

4.冬至

这是一个好时光

南行的太阳又折回来

开始新生的循环

那是一个关于冰雪的童话

"数九寒天"的歌声中

牧人喝着酥油茶

煮着手抓肉

跳着锅庄舞

发出问候短信

叮咛飘飞的雪花

融入帐篷里的歌舞

嘱咐凛冽的寒风

慢慢风干肉窖

雪白的草原上

炊烟袅袅

四周绵绵不断的巍巍雪山

宛如苍天捧出的巨幅哈达

六棱晶花

浸在纸上

变成一排排赞美的诗行

5.小寒

冻透了北方的每个角落

风成为麻醉剂

立竿见影的土圭

不停地瑟瑟发抖

山林穿上白色的外衣

飞禽走兽藏踪隐迹

土壤结冰

河流封冻

忙碌惯了的人们

静下来歇冬

把数九寒天当作一道开胃菜

围坐火炉旁

吐着白雾般的笑语

南方的太阳

在岁月的深处撒欢

花信风应期而来

繁忙如仍在绽放的花儿

胸有成竹地准备着

雪花的来临

6.大寒

打开日历的最后一页

是一座冰冷的雪雕

银白的翅膀扇动着

让天地寒冷到极致

没有人心灰意冷

都在摩拳擦掌

辞旧迎新的忙年肴

腌制的腊肉香肠

挂满兴奋的窗户

这个时候的家乡

没有什么比吃火锅更惬意

严寒　冰雪　正是我的意义

世界屋脊横亘连绵的雪山

是送给高原人民的厚礼

冰冻三尺的藏北草原

寒雪的深处　帐篷里

炊烟袅袅

那酥油茶伴着手抓肉的醇香

悠扬的旋律更有牧歌的旷音

我心中渴望的帆

随着凛冽刺骨的雪风

即将开启一个新的轮回

在守恒中寻找平衡

牵手新春的到来

颂歌丰收节

最繁忙的秋分

喜悦成一个节日

中国的农民情不自禁地联欢

丰收的喜悦挂在劳动的汗珠上

脸朝黄土背朝天的高光时刻

一串串沉甸甸的稻穗

就像老农弯弓的脊背

金黄的颜色

恰似老农晒得黑红的脸庞

每一分耕耘来自长满老茧的双手

每一分收获都是对勤劳的褒奖

无论经历多少风吹日晒雨淋

收获的欢笑洒满厅堂

田间地头　不知疲倦的老牛

不分白天黑夜地劳作守望

玉米　大豆 一片金黄

正是一派金秋的田园景象

满满粮仓散发着新谷的芳香

饭碗牢牢端在自己手上

饕餮盛宴有了保障

农民富则中国富　农业强则中国强

农业插上科技的翅膀

良种良法　无人机遥感

智能机械　耕种管收服务

成为稳产高产的支撑力量

乡村振兴　农业强国　全面奔向小康

庆五谷丰登

盼国泰民安

看天下粮仓

丰收的季节

写满热泪盈眶的诗行

年欢

1.元旦

太阳从地平线上冉冉升起

一种新生的希望

一年红红火火

辞旧迎新的初始之日

寄托万千新气象

贴门对　挂春联

写福字　祭祖先

放鞭炮　舞龙灯

欢聚吃团圆饭

"社火"娱乐庆小康

商场大街挂上大红灯笼

各行各业忙表彰

激励来年再创新辉煌

坦露微笑的第一缕风啊

敲响清脆的音符

浪漫温馨的第一缕阳光

在岁月的新芽上拥抱幸福

清新的原野

漾起甜甜的绿浪

激越的锣鼓

擂出美好与吉祥

2.过小年

瑞雪飘飘的天空

弥漫着香喷喷的饺子味

厚德载物的灶王爷

乐开了花

家家户户忙着打扫尘土

刷墙壁　擦窗子　备年货　贴年画

喜鹊登梅　燕穿桃柳

孔雀展屏　三阳开泰

敬仰与祈福滚滚而来

妙语连珠　话春联

杀猪宰羊　团圆饭

窗明几净　迎盛景

处处抬头见喜

处处旺气冲天

欢天喜地的乐鼓

奏响新春的序曲

3.除夕

大红灯笼照亮一张张喜悦的容颜

一幅幅春联贴出祝福的心愿

一个个漂泊的游子匆匆赶回家

道不完的合家欢

饺子　汤圆　包着天伦之乐

年糕　糍粑　蘸上绵柔丝线

鸡　鱼　莲藕　丰满家里的团年饭

热气腾腾的火锅

围着温馨红火的笑脸

团圆

吃的是欢乐

品尝的是亲情

享受的是吉祥

弥漫的菜香是阖家喜庆的味道

张灯结彩的大年夜

爆竹声燃起美好期盼

零点的钟声敲开新年的希望

4.春节

今天　小孩们穿着崭新衣裳

悠闲自得地在大街小巷嬉闹

逍遥在游乐场的天空

今天　大人们也年轻了许多

一年的辛苦浸在碗中酒里

随着祝福的乐音洒向九霄云外

今天　老人们更是鹤发童颜

拜年的磕头声被笑呵呵的红包

淹没在飘飞的神采里

今天　向烟花许个心愿

新年像盛开的鲜花

装点每一个笑脸

5.元宵节

每年的第一个月圆之夜

吃汤圆　赏皓月

在张灯结彩的红灯笼前猜谜

在铁水花漫天飞舞里玩火龙

在嬉笑打闹中闹元宵

在欢声笑语中过大年

越来越红火的日子

敲响今晚的金钟

带来热闹的场面

赋予美好的期盼

将吉祥的图腾

寄语大地回春的夜晚

岁月留不住

时间等不了

留下今宵和和美美

抓住今日团团圆圆

相聚都是情

欢乐都是爱

半边天的节日

谁抢了我的初春？

满街攒动的万紫千红

掩住踏青赏花的视线

谁争了我的霓裳？

到处流淌的花团锦簇

托住奉献心爱的礼物

大地复苏　急着新姿萌发

三月阳春　忙着莺歌燕舞

欢声笑语　伴着甜蜜幸福

祥云满天的节日

大家载歌载舞更在干

迈向春回大地的好风光

中秋

秋的正中间这天

又亮又圆的皎月

忙忙碌碌在星空穿巡

凉风低吟着为她陪伴

我仰望月的纯洁

月凝视着我的缠绵

后羿高悬烛灯

香案上摆着刚酿的桂花酒

相约嫦娥撩动久别的心弦

以圆月构思团聚的场面

千里的祝福更加温暖

思念变成一杯美酒

无论喝下去或是洒成雨点

都将渴望凝满雪白的山尖

披星戴月的边关

绽放在脸上都是笑靥

守护万家安宁

星空的皓月

你怀揣一半

家里珍藏一半

月面看似暗色的山峰

如"天舟"雄伟的身影

期盼返回时带上嫦娥

经过海峡时连通两岸

圆月的后面就是艳阳

依偎星光闪烁的庭院

共享今宵的无眠

共迎灿烂的明天

重阳登高

秋风如一柄锋利的金刀

将桦树林染成一片火红的海洋

拦腰把山上的松树柏树分隔开来

葱茏的松柏依然还是那不屈的性格

金秋的妩媚诠释了层林尽染的遐想

山巅的皑皑白雪被羞得微红

天空滚动着金色的霞光

站在南山眺望

看到家乡的风筝越飞越高

感觉伸手就能接到飞鸢带来的吉祥

丝线的那头颤抖着暖暖的爱

还有脸上挂着满满的笑

下山的路上捡起一片凋落的红叶

那是曾经翱翔的翅膀

叶纹里刻满父母耕耘的年轮

踏着幽静的山路

踩响一路的思念

辑六

古体新韵

咏·工会使命

随党而生百年史，

工运事业铸辉煌。

两路通车建工会，

翻天覆地变新样。

雪域高原感党恩，

时代主题永不忘。

伟大复兴中国梦，

繁荣进步同方向。

深化改革增三性，

领袖嘱托要记牢。

围绕中心强引领，

服务大局添荣光。

权益维护娘家人，

服务职工新风尚。

提升素质增能力，

建功立业兴希望。

扶弱济困忙帮扶，

五送活动暖心上。

劳模工匠抖精神，

艰苦奋斗做榜样。

就业形态新变化，

建会入会路宽敞。

工会组织要建强，

党的领导是保障。

世间最美是同心，

天上最暖是太阳。

四件大事定位好，

走在前列抢时光。

民族团结目所望，

共同富裕心所向。

稳定发展主力军，

干事创业敢担当。

精彩人生靠双手，

咱们工人有力量。

第二百年齐戮力，

中国形象放光芒。

春学

春日芳菲舞翩跹

踏青赏花正映欢

万物复苏争光阴

青春好学书作伴

唯有知识亮人生

如饥似渴不畏难

思想武装求真理

付诸实践意志坚

林芝桃花香

白韵桃花如雪照

迎风欢笑露嫩娇

待放含苞惹人醉

擎天粉黛迎春早

南迦巴瓦清凉绕

巴松湖畔白云飘

桃花入酒酒飘香

最美林芝情人窈

深春桃花

桃花谷里藏深春

片片花雨舞晨韵

一阵春风留不住

红白粉色做钗裙

漫山香气引蜂品

朵朵花蕊露秀锦

枝头初现小桃面

开花结果同根亲

致"糖友"

科学用药很重要

并发症状靠治疗

适量运动迈开腿

睡眠减压血通窍

乐观心态应记牢

粗粮蔬菜补养料

平衡饮食管住嘴

健康长寿庆功劳

丹青人生

水墨无形画铁骨，

牦牛灵魂抖风物。

高原泊舟展精神，

繁华写意开新图。

风雪雷雨催战鼓，

嬉笑怒骂抒心悟。

拓荒辟道铸品行，

艺术人生朝天书。

帐篷吟

雪山皑皑破苍穹

牛羊成群依帐篷

牧场锅庄入仙境

一夜春风醉怀中

小伙钟情起云涌

姑娘欢歌绕花丛

幸福人生邀明月

扎西德勒游星空

拉萨树上山

植树绿化南北山，

古城拉萨换新颜。

百鸟欢林映布宫，

居民倚窗觅春恋。

阳光城里扬春暖，

清河卧波香两岸。

林涛花香拂大昭，

绿色围城引大雁。

绿化拉萨

一河变湖将城护

湿地绿肺除荒枯

南北两山绕清秀

植树造林佑万物

满眼花木惠千古

念青圣水多眷顾

雅江苍翠披新装

拉萨绿化铭史录